时　光　　回

一本

可以听可以唱的

诗集

刘川郁　著

北京大学出版社
PEKING UNIVERSITY PRESS

图书在版编目（CIP）数据

时光回：一本可以听可以唱的诗集 / 刘川郁著 . —北京：北京大学出版社，2018.4
ISBN 978-7-301-29261-7

Ⅰ . ①时… Ⅱ . ①刘… Ⅲ . ①诗集 – 中国 – 当代
Ⅳ . ① I227

中国版本图书馆 CIP 数据核字 (2018) 第 032204 号

书　　名 时光回—— 一本可以听可以唱的诗集
SHIGUANG HUI
著作责任者 刘川郁 著
责 任 编 辑 闵艳芸
标 准 书 号 ISBN 978-7-301-29261-7
出 版 发 行 北京大学出版社
地　　址 北京市海淀区成府路 205 号　100871
网　　址 http://www.pup.cn　新浪微博：@ 北京大学出版社
电 子 信 箱 minyanyun@163.com
电　　话 邮购部 62752015　发行部 62750672　编辑部 62752824
印 刷 者 北京中科印刷有限公司
经 销 者 新华书店
880 毫米 ×1230 毫米　32 开　6 印张　35 千字
2018 年 4 月第 1 版　2018 年 4 月第 1 次印刷
定　　价：49.00 元

献给

我的父亲刘益甫，母亲蒲治容

序

在诗与歌的海洋里畅游

——序刘川郁诗集《时光回》

李广平

刘川郁先生即将出版一本跨媒体的诗集《时光回——一本可以听可以唱的诗集》，其同名专辑的出品人芮文斌先生嘱我写一个序，我是真心为他此举感到欣慰和兴奋，因为我以为这就是一个民谣歌手最应该干的事情。

诗和歌不能分家，诗和歌本来就是一对孪生兄弟，相依相伴，心灵相通。要说源头，《诗经》就是中国最早的一部歌词集，因为这里面的所有诗，都是可以吟唱的："风雅颂"都是歌词的集合；

李广平，广东韶关人；音乐制作人、诗人、词作家、音乐文化和音乐活动的企划、评论、推广专家。代表作《你在他乡还好吗》《潮湿的心》《相信远方》等。

特别是“风”，那更是来自民间的歌唱，山风一样自由地歌唱。唐诗宋词更是因为歌唱而深入民心，造就一代大诗人大词人。“有井水处有柳词”，是对柳永这位大词人的最好的歌颂。

现代流行音乐同样如此。上个世纪七八十年代我国台湾地区流行的“校园民歌风潮”，就是一场音乐与诗歌互动的流行新浪潮运动；如果没有杨弦将当代诗人余光中的诗歌谱曲演唱，也许台湾流行音乐的现代化会推迟若干年；其后引发了罗大佑为徐志摩诗歌谱曲的《歌》、罗大佑为郑愁予的诗歌谱曲的《错误》，以及后来李泰祥与余光中、罗青、三毛、郑愁予等台湾当代诗人的作品合集《天使之诗》，集合了一大批闪耀着诗情与人文之光的优秀歌曲:《橄榄树》《走在雨中》《答案》《青梦湖》等。台湾的许多优秀的词作家本身也是非常优秀的诗人。

我听过刘川郁先生的多首歌曲，很为他这位诗人出身的歌手对音乐的敏感所震惊：我特别欣赏他这本诗集里面的《1980年代的爱情》《仙女山的月亮》这两首歌的词曲创作。作为一个1980年代的大学生，我对1980年代的爱情感到无比的亲切而熟悉；而我自己最初的歌曲，几乎都是献给

1980年代：乡愁与爱情、露水与阳光、尘土与木棉、读书会与卧谈会；邓丽君罗大佑与林青霞、鲁郭茅巴老曹钱锺书与沈从文；长江漂流与女排夺冠、美学热与朦胧诗；青春如梦的1980年代，大气磅礴的1980年代，热血沸腾的1980年代，理想幻灭的1980年代。所以，我一听到《1980年代的爱情》这首歌曲，几乎就立刻把刘川郁引为精神上的同道者，音乐上的知音人。

而《仙女山的月亮》这首最具朦胧美的佳作，我还一度参与了制作过程，听了无数遍这首歌曲，依然不会厌倦。刘川郁的旋律和诗句的高度吻合，让人在聆听的过程中回到童年回到青春回到最为浪漫的时代；这是一首兼具童谣气质和民谣风韵的佳作，让人嗅到青草和野花的香味，看到大地和河流的宽阔，触摸到月亮的清幽和高远。在澄明的意象里，流淌着温暖的青春气息。

刘川郁的新歌诗集《时光回》里面的音乐出品方上海星外星还称，除了这本诗集，还将在不久之后发行的民谣专辑《十位诗人的民谣》（暂定名），是把著名诗人的诗歌谱成曲。其中的主打歌曲《面朝大海春暖花开》这首歌是《十位诗人的民谣》民谣音乐专辑中的一首，《十位诗人的民谣》将收录诗人海子、柏桦、何小竹、翟永明等中国当代著名诗人的诗作，这是一部向中国当代诗人致敬的专辑。

我听了由著名歌手庞龙演唱的致敬诗人海子的歌曲《面朝大海春暖花开》，非常感动：我原来担心的比如旋律的拗口和诗句的分段、节奏的突兀和调性的古板等等毛病完全没有出现。这是一首旋律温暖透明、节奏舒缓让人入心沉醉的歌曲。庞龙的演唱，真挚真诚，热情内蕴于心，把这首歌曲的分寸拿捏得恰到好处。无论是庞龙的演唱还是刘川郁的作曲，都很好地把握了海子的精神气质，把海子那种歌唱性的诗句完美地表达出来了：海子歌唱麦田和大地的谦卑的生命的动力感，对幸福、爱情、女性的温情的歌唱性吟咏，都表现得非常到位；整首歌曲，呈现的是一种海子诗中本来就有的宁静明亮、刚健淳朴的画面感。这首歌是一首非常成功的作品。

因此，我对刘川郁将要谱曲的其他作品充满期待：因为为他人的诗歌名作谱曲要满足很多诗歌爱好者的期待，几乎每一个人对自己喜欢的诗歌恐怕都有内心的独特的旋律；因此，音乐性的体现就很考验出一个作曲家的功力。作为一名资深吉他爱好者，刘川郁的旋律感很强，他自己作词作曲的歌曲的成功充分说明了这一点。但是面对其他诗人的作品时，在诗歌的剪裁、词句的分配、旋律的走向、调性的选择、速度的确定上，都是艰巨的考验。所幸的是：刘川郁本身就是一位诗人，相信他会非常巧妙而专业地处理这些美学和音乐学的技术难题，给我们一个满意的答案。

音乐家与诗人、与文学家的交流，历来是文化史上的重点篇章：柴可夫斯基与托尔斯泰及俄罗斯诗人合作歌剧作品；曼德尔斯塔姆的母亲是位音乐家；舒伯特为诗人歌德的诗歌谱曲而成为卓越的音乐大师；舒曼为诗人海涅的诗歌谱曲……中外大量优秀作品都揭示出：诗歌作为文学之树上最璀璨的花朵，一样可以成为音乐之树上最绚丽的花朵，并结出最饱满最优雅的果实来。所以，我对刘川郁选择与诗人合作同时自己身体力行继续写诗出诗集的举动非常赞赏。

什么样的青春历程，就会塑造什么样的人格模式；一个人的精神源头真的很重要。回首青春岁月，真的要感谢命运的眷顾让我们曾经在诗歌的海洋中畅游过，身心灵都得以浸润在美和爱的怀抱中：上帝在我们生命的每一个紧要关头，都会伸出援手拉我们一把，让我们不至于迷失太久：在淹没之前被拯救，在骄傲之前领会谦卑，在被抛弃之后感受到爱，在复杂之后学会单纯，在绝望之后看到希望。

我愿意告诫自己和所有热爱音乐热爱诗歌的同人们：记住来时路，在美好纯真的青春和爱情面前，再次温情回首；感谢音乐和诗歌，让我们永远有爱，永远热情，永远敏锐，永远有活下去的勇气与希望、信心和信念。

2017 年 3 月 24 日于北京

前言

可以唱的诗是什么样

刘川郁

18 岁时，我的梦想是成为一位诗人。

但现在写诗，更多希望诗歌能走进自己的内心，也走进他人内心。

2014 年，突发奇想，在 40 岁生日的时候出版一本属于自己的诗集《记者》，后来做到了，再次证明 18 岁时的梦想是会影响人一生的，“念念不忘，必有回响”。

曾经有 10 多年的时间，当记者为生，吃着非虚构写作的饭。后来在大学教书、创业，杂事缠身，疲于应付，但一直希望不丢掉写作。

到现在发现，诗歌是最好的坚持写作习惯的载体，感谢诗歌，唯有她能够让我碎片化地写作、随时随地写作。而且诗歌最为神奇的是，生活本身可以就是诗，写诗即生活。

因为创业的缘故，现在我的生活是那么的繁忙、无序，无休止地飞行、谈判、解决各种烧脑的问题，按部就班是一种过法，自以为苦哈哈是一种过法。写诗让人发现，繁忙、无序是另一种美，而诗歌可以记录和沉淀这种美。

所以这本诗集，其实主要是在坐车、坐飞机的时候写的，这样的写作是生活的本身。

从18岁到今天，诗歌也算伴随我25年。什么是诗歌？唐朝时候的诗人问过这个问题没有？看似简单如白开水的“春眠不觉晓，处处闻啼鸟，夜来风雨声，花落知多少”居然流传了上千年，我们今天的各种诗歌能够在五十年、一百年、五百年、一千年后被记住和流传吗？如果一首诗只被自己读一次，她的价值还值得我们坚持一生吗？诗歌的小众与大众真的就是“敌人”不可调和？

一首诗歌对读者的价值到底在哪里？语言的创新与惊喜、知识含量的丰富性、内在音韵节奏的推进、对心理的冲击力等等，时间越久，反而越迷茫！但我认为，一首诗总要给这个世界留下一点点什么，也许是有用的，也许是无用的，但都可能是一次开启！

2015、2016年的尝试，我是希望自己的诗歌被唱出来，从自己的内心，走进更多人的内心，这既是传统，也值得“冒险”。诗经、乐府、宋词、元曲，都是要被唱出来的，最好的传播者是歌者。

互联网时代给这样的梦想者提供了便利的平台与机会。所以，这两年，我一直在尝试写可以唱的诗——“歌的诗”。

平时的一点一滴，到今天居然有了几十首，忍不住要出一本诗集。

这本诗集与其他诗集最大的不同正如封面副标题所言，“一本可以听可以唱的诗集”。里面的诗有一半左右是经过了谱曲，由歌手演唱后在互联网发布，可以直接扫描二维码听歌，感悟歌词（诗）的内容。

我简单地想，一首诗在朗诵与演唱时，声响对人心的冲击最直接，且不需要解释，再说大点，对于整个宇宙，则是增加了能量。

这在形式上是一种创新，但我更希望的是，形式的创新带来内容与受众的“融合度”。

这些“歌的诗”也许更适合夜晚，当你暂时抛开纷繁芜杂的事务时，你放空自己的心时，这声音也许能够走进你，感动你，你偶然还能记住、哼出两句，那就让我这个写作者喜出望外了。

诗歌既属于“专业的诗人”，更属于所有人，每个人在人生的某个阶段，都应是诗人，都有诗意的涌动，我们应该将这点点滴滴记录下来，而不是熟视无睹。

2017年2月28日于旅途

目录

时光

地理

过客

古风

杂诗

附录

时光

为什么我们需要回忆[1]

那一年仿佛就在昨日
我们单纯得如一张白纸
青春的画笔随意点染
色彩与痕迹至今铭记
有一些事我们无法释怀
有一些人我们无法忘记
时光虽然总在流逝
细节反而更加清晰

为什么我们需要回忆
因为回忆给我们慰藉
回忆中我们更加的宽容
原谅了敌人也原谅自己

为什么我们需要回忆
因为回忆给我们选择
回忆中忽略痛苦与忧伤
只留下善良与美丽

扫描二维码可听

[1] 为什么我们需要回忆，由刘川郁谱曲，新疆歌手刘科演唱，在QQ音乐、虾米音乐等平台推出。

老屋

老屋
三十年
土墙、木楼、泥地
破、脏、旧

当我发上朋友圈
朋友指责：该修缮了。

父亲却急了：
青筋暴露、厉声呵斥
“谁也不要乱动，
我们剩下的日子已经不多，
为什么要折腾？”
母亲佝偻着背
一言不发

老屋
破、脏、旧
朴素、安详、平和
木棕河屋后缓缓流过
像父亲母亲静静的一生

时光回[1]

妈妈从老家打来电话
只问了一句吃饭了吗
在出差的路上匆匆回答
放下电话我泪如雨下

我知道她有许多想说的话
已经很久我没有回家
妈妈的后背更驼了吗
是否新添了许多白发

多希望
时光回
回到童年的无忧无虑
妈妈在屋檐下大声呼唤
孩子快回家吃饭啊

多希望
时光回
回来童年的淘气娃娃

---

[1]《时光回》，由刘川郁谱曲，歌手侃侃演唱，在互联网上受到多方好评，2016 年，被纪录片电影《生门》用作片尾曲。该歌已获得重庆市第十四届精神文明建设“五个一工程奖”（2017 年）。

妈妈手拿一根青竹条
绚丽的晚霞中边流泪边打

长大我悄悄离开了家
为了生活去行走天涯
在异乡的都市驻下脚步
躁动的灵魂渐渐放下

偶尔回家也是匆匆的啊
看妈妈的动作更迟缓了
窗外的雨打芭蕉滴答嘀嗒
我们肩并肩坐着没有说话

多希望
时光回
回到童年的明媚春光
妈妈为我递过新书包
孩子啊要听老师的话

多希望
时光回
回到童年油灯下的晚餐
讲校园故事不愿停歇
妈妈默默地看着笑脸像一朵花

扫描二维码可听

仙女山的月亮[1]

冰凉如水的夜晚
月亮从松林升起
他们依偎在草场
静悄悄地看月亮

夏虫停止了吟唱
摘一朵野花戴头上
皎洁月光像牛奶
在他们年轻身上流淌

仙女山的月亮
更大更圆的月亮
点亮思念的火
点燃梦想的光
仙女山的月亮
更美更白的月亮
走不完的山与路
你让我常常享受一种忧伤

[1]《仙女山的月亮》，由刘川郁谱曲，2015年《中国好声音》冠军张磊演唱，连续9周名列QQ民谣榜的第一名。点击达到数千万次。收入上海星外星出版的专辑《唱着情歌去重庆》。

草长莺飞的五月
他们又来看月亮
还是携手肩并肩
白发已经盖脸庞

阵阵松涛吹过来
摘一朵野花戴头上
皎洁月光像泪水
随他们沧桑岁月流淌

仙女山的月亮
更大更圆的月亮
带回年少的梦
带回往日时光
仙女山的月亮
更美更白的月亮
穿不完的云和雾
你让我常常孤独回到故乡

扫描二维码可听

1980 年代的爱情[1]

那个记忆的小镇十月就白雪茫茫
姑娘是那么善良炭火是那么明亮
怀揣深深的爱恋却说不出一句爱你
日子一天天过去你在犹豫我在彷徨

离别的那个晚上吉他声弥漫着忧伤
唱完我们会唱的歌明天就天各一方
想问的问题很多你笑着说只问一个
为何你一直躲藏你说我属于远方

只有思念的 80 年代
没有牵手的 80 年代
偶尔会想起想起会心伤
青春如梦的 80 年代
不再回来的 80 年代
简单的爱情曾在我心上

[1]《1980 年代的爱情》，由刘川郁作曲，《当你老了》作者、歌手赵照演唱，2015 年与同名电影一起推出，在 QQ 民谣榜连续数周名列亚军，百度音乐榜第一名。点击达到数千万次。收入上海星外星出版的专辑《唱着情歌去重庆》。

扫描二维码可听

红叶姑娘[1]

去年满山红叶时
我经过了你的门前
你面如桃花地挥挥手
还柔声细语为我歌唱

他们都叫你红叶姑娘
你摇摇头说不是这样
你的眼神时时转向巫峡
他们说你在等远方情郎

红叶姑娘
那一天偶遇的姑娘
虽然只有短短的一瞬间
你的笑容已印在我心上
红叶姑娘
你最近还好吗
三峡的风如锋利的剪刀啊
别让它裁剪你的青春模样

[1]《红叶姑娘》，由刘川郁作曲，《中国好声音》歌手王卓演唱，在多个音乐平台公布。收入上海星外星出版的专辑《唱着情歌去重庆》。

神女峰的雾气蒙蒙
打湿了你的花衣裳
红叶姑娘站在山崖边
亭亭玉立如女神一样

远方的人儿还未归来
红叶姑娘黯然神伤
你的守望坚持到哪一年
山谷呼喊没有回响

红叶姑娘
那一个有故事的姑娘
虽然只有短短的一瞬间
你的美丽已印在我心上
红叶姑娘
你最近还好吗
三峡的雨如柔软的丝线啊
别让它缠绕你的多情善良

扫描二维码可听

喜马拉雅[1]

喜马拉雅
不是一座山
在这个城市的角落
书卷里透出的香气淡淡

这里的时间很慢
老槐树遮住的天空很蓝
匆匆过客也忍不住停下脚步
享受他世界之外的花园

红衣的姑娘正在看一本艺术史
她大大的双眼有泪光一闪一闪
白发的先生带来自己的叶赛宁
清茶一杯 在藤椅上品味夜晚

喜马拉雅
日子就这样平平淡淡
骨子里藏着倔强与呐喊

---

[1]《喜马拉雅》，由刘川郁作曲，歌手黄琦雯演唱，写的是重庆九龙坡区黄桷坪四川美术学院旁的一个小公益书店，创办人雕塑家刘景活10年如一日地经营书店，让师生免费阅读、借阅。收入上海星外星出版的专辑《唱着情歌去重庆》。

喜马拉雅
这一个不起眼的小小书店
多少个未来梦想被悄悄点燃

喜马拉雅
还是一座山
和这所学校默默相伴
见过多少人爬坡上坎

这里的桌子很旧
隔壁的自行车铺有一点闲
从低年级到高年级挣扎过几回
书本里划过多少条红线蓝线

短发的雕塑家在整理当年的水粉画
他灵巧的双手像在打太极拳
稚气的女孩
背诵不懂含义道德经
明灯一盏
在这里照亮不一样的童年

喜马拉雅
日子就这样简简单单
心里头埋着感动与温暖

喜马拉雅
这一个不一样的小小书店
多少次青春激情被深深呼唤

扫描二维码可听

因为有你[1]

因为有你
我不再漂泊
因为有你
我不再迷惑

因为有你
心中多了白云蓝天
因为有你
眼中少了怨恨寂寞

因为有你
我学会眺望
因为有你
我学会飞翔

因为有你
从此奔向更远的远方
因为有你
从此相信梦想的力量

[1] 2015 年春节，写给亲人、朋友的感恩歌曲，由刘川郁作曲。

有一天我
站在山冈向天空诉说
诉说过去今天未来如大江流过
汹涌澎湃的不只是波涛
还有我对你的思念
风风火火

有一天我
看尽人间繁华沧桑蹉跎
回忆我们携手并肩的点点滴滴
才明白人生幸福原来只是平凡
心底那最温柔的一句是
因为有你

硬汉老爸[1]

当我们年少时
你的一个眼神
严厉得让我们害怕
你不苟言笑
默默地撑起这个家
你是我们的英雄啊
你是硬汉老爸
你埋头坚持和烟草的味道
伴随我们一天天长大

老爸
那些讲过的战斗故事
已化成坚强融进血液了
老爸
那些挨过的打
让我们明白
再苦再累也别逃跑呀
老爸
那些你带着爬过的高山
让我们学会把困难踩在脚下

[1]《硬汉老爸》，由刘川郁作曲，是父母两部曲的一首，歌手张想想演唱，在互联网音乐平台引起良好反响。

老爸
那些唱过的老歌
让我们知道世界是美好的啊

当我们长大了
老爸你的眼神
变得那么温暖啊
你满脸微笑迎着我们回家
你是我们的英雄啊
你是硬汉老爸
你的瘦弱腰身和孤独的背影
提醒我们你慢慢变老啦

老爸
那天你独自坐在屋里
为我的挫折悄悄地擦眼泪了
老爸
那些未来的漫漫长路
你叫我们要平平静静呀
老爸
那些岁月催促的满头白发
是照亮我们内心的镜子呀
老爸
那个记忆的硬汉老爸
其实你有一颗最柔软的心啊

扫描二维码可听

让时间停下一点点[1]

去年冬天还是青春容颜
今天发现自己沧桑的脸
虽然一直都在四处奔走
理想到现在还没实现

不知什么时候喜欢上怀旧
喜欢深夜那孤独的温暖
挫败总让人不经意抱怨
微博微信上偶尔会自怜

让时间停下一点点
整理好思绪短暂的悠闲
每次停下都是一次成熟
敞开心扉让出更多的空间

想起当年豪情满怀的誓言
现在的自己有些许疲倦
悄悄扯下零星冒芽的白发
撕掉日历又过了一年

[1] 已由刘川郁谱曲。

昨夜聚会喝到凌晨两点半
分手时看见你背影越走越远
轻轻地哼唱融入城市的霓虹
明天的阳光是否更加灿烂

让时间停下一点点
贴心的叮嘱回荡在耳边
我们已经走得太远太远
别忘记出发时那个青春少年

忧伤的野马[1]

忧伤的野马
今夜你回到哪一个家
你的眼神深邃迷离
谁来说一句安慰的话

远方的草原
草儿青了又黄了
你还在孤独地向往
也孤独地将痛苦咽下

忧伤的野马
学会遗忘吧
过去再多的伤痛
不过是人生的一幅插画

忧伤的野马
学会糊涂吧
每一次清晰的计算
让你丢掉快乐的刹那

[1] 将由刘川郁谱曲。

忧伤的野马
在雪夜的十字街口停下
任手里的香烟成灰
等待人说一句安慰的话

远方的梦啊
镜头浮现又散了
你的思绪像断线的风筝
摇摇晃晃找不到家

忧伤的野马
学会坚强吧
把那伤感一点点揉碎
画一朵蓝色梦想的野花

忧伤的野马
学会简单吧
找一个真心的朋友
和你一起浪迹海角天涯

地理

赤水河畔的她[1]

那片绚烂的丹霞
那条赤水河拂过薄雾的纱
那张红红的笑脸
那个披着一袭黑发的她

那个分手的夜晚
那棵绿绿的桫椤树下
那天雨中静静的拥抱
那幅从此没有画完的画

赤水河畔的她
不愿远走的她
温柔的河水带走了她的故事
她的眼泪为何不擦

赤水河畔的她
不愿跟随的她

[1] 应贵州省赤水市有关部门邀请而作。赤水河，即赤水，为长江上游支流，因河流含沙量高、水色赤黄而得名，地处川、滇、黔三省接壤地区。赤水河，因红军四渡赤水的故事闻名，流域内盛产茅台、郎酒等美酒，当代有“英雄河”“美酒河”之誉。《赤水河畔的她》由刘川郁作曲，歌手侃侃演唱，写的是贵州省赤水市赤水河畔的浪漫爱情故事。

狂野的山风吹不动她的倔强
她近在咫尺又远在天涯

那片蔚蓝的天空
那朵斑竹林带来忧郁的花
那双无助的眼眸
那个一袭白衣飘飞的她

那个重逢的夜晚
那棵绿绿的桫椤树下
那次相敬如宾的守望
那天没有一句要说的话

赤水河畔的她
不愿远走的她
温柔的河水带走了她的故事
她的眼泪为何不擦

赤水河畔的她
不愿跟随的她
狂野的山风吹不动她的倔强
她近在咫尺远在天涯

扫描二维码可听

瓯江恋曲[1]

月光被揉碎
洒在瓯江里
晚风拂清波
芦苇摇舢板

群山起波澜
露珠滚荷塘
薄雾渐消散
大地转荒凉

美得让人心疼的瓯江水
像我儿时丢失的红月亮
冰冷又一望无涯的瓯江水
像我曾经品味三三两两的感伤

当我走完瓯江十里绿堤才发现
爱我的人已不在瓯江畔

---

[1] 瓯江，中国东海独流入海河流，浙江第二大江，位于浙江南部，自西向东流，贯穿整个浙南山区，流经丽水、温州等市，从温州市流入东海温州湾。《瓯江恋曲》已由刘川郁谱曲。

梦回成都[1]

这样的夜适合回忆过往
回到成都的二环边上
漂泊的过客寂寥地拥抱
听到你的心跳很慌张

九眼桥低吟浅唱的彷徨
已随岁月一路在飘荡
府南河边写过的垂丝柳
如今早忘记了风的方向

梦回成都
穿越春熙路的熙熙攘攘
发现人生有宽巷与窄巷
心中平添感动和坚强

梦回成都
喝一杯竹叶青呆坐杜甫草堂
忘却人生痛苦与迷茫
心中有了诗意和远方

[1]《梦回成都》，由刘川郁作曲，歌手段将巍演唱，一首关于天府之国四川成都的民谣。

夜来幽梦忽还乡
望江楼上望月亮
草堂春睡梳洗迟
当年豪情换酒觞

梦回成都回不去的故乡
青春像一次短暂的拜访
龙泉的桃花今年推迟开放
抬头看见你晶莹的泪光

成都今夜别把我遗忘
川大荷塘安放过我的梦想
你的叮咛还在耳边回响
光阴要浪费在美好的事上

梦回成都
穿越春熙路的熙熙攘攘
发现人生有宽巷与窄巷
心中平添感动和坚强

梦回成都
喝一杯竹叶青呆坐杜甫草堂
忘却人生痛苦与迷茫
心中有了诗意和远方

扫描二维码可听

南京忆[1]

不是所有的行云都如流水
不是所有的水到都能渠成
不是所有的成功都要喜悦
不是所有的月光都有思念

不是所有的春暖都会花开
不是所有的开始都有未来
不是所有的来去都经风浪
不是所有的浪漫都叫南京

南京
一座往事累积的城市
乌衣巷口 夕阳斜照
谁家的堂前燕
飞入了你的家门

南京
一座浪漫包围的城市
玄武湖畔 莺红柳绿
夫子庙的桨声灯影

[1] 专门为江苏省省会南京市所写，由刘川郁作曲。

镌刻过你的心扉

不是所有的过眼都成云烟
不是所有的烟雨都很朦胧
不是所有的笼罩都在秦淮
不是所有的怀念都能铭心

不是所有的青春都叫年轻
不是所有的轻狂都会飞扬
不是所有的杨柳都似旧梦
不是所有的梦境都叫南京

南京
一座柔情萦绕的城市
凤凰台前 江水流
三山半落青天外
牵挂了你的远行

南京
一座梦境一样的城市
浦口车站 背影匆匆
去年经过的那个夏天
驻进了你的心里

南昌的秋天[1]

走在八一大桥抬望眼
发现南昌的秋天悄悄来临
落叶追赶着萧瑟秋风
淅淅沥沥秋雨诉说缠绵

秋天是打开心扉的季节
有什么想说的话快快说完
白水湖路三百八十八号
有我的梦想和对你深深眷恋

南昌的秋天
过去的人与事注定会消散
偶尔的一个电话问候淡淡
胜过三百六十五天的默默思念
南昌的秋天
美好的人与事注定很短暂
转身离开那刻一定要从容
因为一个人牵动一座城的怀念

[1] 专为江西省省会南昌市所写，刘川郁作曲。

滕王阁的孤鸟越飞越远
像晚霞中你背影消失人群间
南昌的夜空一无所有
给我的安慰却无际无边

秋天是雁过留声的季节
收拾好灰色的心忧郁的眼
繁华看尽喜欢简简单单
红谷滩回忆那秋水升起寒烟

南昌的秋天
过去的人与事注定会消散
偶尔的一个电话问候淡淡
胜过三百六十五天的默默思念
南昌的秋天
美好的人与事注定很短暂
转身离开那刻一定要从容
因为一个人牵动一座城的怀念

扫描二维码可听

在李庄[1]

在李庄
长江南岸小镇静静地躺
苔藓返射出朴素的光
林徽因曾经漫步的青石板街
那些同济学子已经白发苍苍

在李庄
故事若隐若现
总记得你擦肩而过的模样
苦难掩不住你的坚强
但我更爱你的平淡和安详

在李庄，
一辈子太短
太短
不够我对你的思念
那么悠长

---

[1] 李庄古镇位于四川省宜宾市东郊长江南岸，素有“万里长江第一古镇”之称。1939年，国立同济大学、金陵大学、中央研究院、中央博物院、中国营造学社等十多家高等学府和科研院所，在抗战时期迁驻李庄，全国知名专家、学者如李济、傅斯年、陶孟和、吴定良、梁思成、林徽因、童第周、梁思永、劳干等云集李庄达六年之久。《在李庄》由刘川郁作曲。

在李庄
一辈子太长
太长
隔壁都市悄悄偷走
古镇的时光

在李庄
老酒窖酿出五种粮食的香
有一种坚持叫作理想
我们相约的地方叫禹王宫
我们分手的地方叫席子巷

在李庄
回忆不忙不慌
忘不了热泪盈眶的月光
岁月遮不住你的骄傲
但我更爱你的沉默与忧伤

在李庄，
一辈子太短
太短
不像我对你的思念
那么渺茫

在李庄

一辈子太长

太长

再慢一点才遇得见

你的回望

阿依河的夜[1]

山谷的风 吹走了昨日的忧伤
握紧的手 慢慢松开了迷茫
口琴声里 思念在悄悄流淌
那夜的篝火 映红了你的脸庞

总有一天 我们会白发苍苍
是否还能 一起回到老地方
月光和竹筏 闪耀着迷人的光芒
载不动爱恋 就让它随风飘荡

阿依河的夜
这样的妩媚
抚慰着两颗漂泊的灵魂
阿依河的夜
这样的安详
唤醒了多少沉醉的梦乡

阿依河的夜

---

[1] 阿依河位于重庆市彭水苗族土家族自治县，以漂流和原生态的植被闻名，《阿依河的夜》由刘川郁作曲，歌手侃侃演唱，在互联网音乐平台公布后受到网友广泛好评。收入上海星外星出版的专辑《唱着情歌去重庆》。

这样的妩媚

摇曳着两颗漂泊的灵魂

阿依河的夜

这样的悠长

遗忘了多少沉醉的梦乡

扫描二维码可听

乡愁慈溪[1]

六月的梅雨
送来神秘的慈溪
杭州湾潮湿的空气
掩不住青瓷千年秘密

那里的故事
主角曾是我和你
鸣鹤古镇灰墙斑驳
和夕阳拖长过
我们的影子

乡愁慈溪
我不敢回忆
怕那尘封多年的忧伤
挥之不去
乡愁慈溪
飘飞着诗意
沧海桑田仿佛诉说
我还是我

---

[1] 慈溪是位于浙江省宁波市的一个县级市，亦是历史悠久填海造城的名城。《乡愁慈溪》由刘川郁作曲，浙江籍歌手娄心译演唱，在多家互联网音乐平台热播。

你还是你

撑着油纸伞
走进温婉的慈溪
杨梅林的风儿娇媚
一次次撩起你的薄衣

慈溪的故事
主角不是我和你
上林湖畔月光如水
将我们往日浪漫抹去

乡愁慈溪
我不敢追忆
怕那尘封多年的懊悔
像放大的墨迹
乡愁慈溪
浮动着禅意
五磊寺的钟声悠远
我不再是我
你也不是你

扫描二维码可听

红桥说[1]

多么幽静的海河
街灯像星星闪烁
你的双手有些冷
攥住放在我心窝

见面也许是个错
怀念也许更洒脱
月光轻柔抚摸你和我
还没开始就结束的诱惑

红桥说
说回忆憧憬都有你的泪眼婆娑
红桥说
说前进后退我们一起失败收获

红桥说
说昨天明天都要认认真真地活
红桥说
说酸甜苦辣证明青春没有匆匆而过

[1] 红桥位于天津市红桥区海河上，是天津商业文化的发祥地，《红桥说》由刘川郁作曲，歌手侯梦亮演唱。

站在西站的广场
孤独情绪笼罩我
仿佛只是一瞬间
十年岁月已滑落

摩天轮下徘徊过
海河依旧泛清波
突然飘雨淋湿你和我
红桥倾听我们的悲欢离合

红桥说
说回忆憧憬都有你的泪眼婆娑
红桥说
说前进后退我们一起失败收获
红桥说
说昨天明天都要认认真真地活
红桥说
说酸甜苦辣证明青春没有匆匆而过

扫描二维码可听

小绿谷夜曲[1]

每当夜幕降临的时候
我等她来到小绿谷
她那美丽的背影
深深地将我迷住
她眼睛像黑黑的葡萄
她长发像小绿谷的瀑布
她腰肢像飘摇的红柳
她笑容像扑面的春风

小绿谷的夜风别吹
吹乱我心儿的窗户
明天晚上再来这里
我一定会向她倾诉

又到夜幕降临的时候
我等她来到小绿谷
她那美丽的倩影
直到深夜也没现出
一连三月傻傻地等待

---

[1] 小绿谷是新疆乌鲁木齐经开区的一个小公园，这是一个在戈壁上克服各种困难建起来的公园，成为当地市民休闲好去处。《小绿谷夜曲》由刘川郁作曲，新疆歌手冯嘉伟演唱，极具新疆风味儿。

一直未见她来散步
一条昏暗灯光的小路
孤独伸向维泰桥的深处

小绿谷的夜风别吹
吹乱我懊悔的心路
明天我要离开这里
从此忘记忧伤的小绿谷

扫描二维码可听

滇池的约会[1]

年轻时
总觉得相见很简单
随口说着
在红嘴鸥飞回的日子
一起相约在滇池边
微雨的滇池风平浪静
朦胧中浮动着双人雨伞
沙哑的老歌听了一遍又一遍
夜幕降临西山
你一直都没出现

滇池的约会
每一天都在上演
有的如约而至
有的悄悄失言
滇池的约会
写满人生的偶然必然
同一样的清澈湖水
不一样的残酷和浪漫

---

[1] 滇池位于云南省昆明市城中心的一个湖泊，风景旖旎，《滇池的约会》是由刘川郁作曲，云南籍歌手解彬演唱。

有一天
才发现相聚其实很难
蓦然回首
想起以前拍过的相片
记不得相约的时间
月光下滇池宁静依然
萧瑟风中一个人形只影单
欢笑的身影挥去又现眼前
西山帆影悠悠
留不住深深爱恋

滇池的约会
每一天都在上演
有的如约而至
有的悄悄失言
滇池的约会
写满人生的偶然必然
同一样的清澈湖水
不一样的残酷和浪漫

扫描二维码可听

再见长春再见青春[1]

当火车开时忍不住回头
站台上不见你身影逗留
我的心跌入了宽大哀愁
希望才是一杯苦涩的酒
年轻真好可以莫名其妙骄傲
在 54 路电车一不留神就变老
过去像是早来的雪
长春的故事比电影更奇妙

再见长春
再见青春
银色世界倒映我们的天真
再见长春
再见青春
多年后能否记得这段虚度的光阴

净月潭晓雾托起我们的思念
春城大街一起走完简简单单
吉大的雾凇像你晶莹的泪点

---

[1] 关于吉林省省会长春市的城市之歌,《再见长春再见青春》由刘川郁作曲，音乐人周晶编曲并演唱，互联网上备受好评。

失望才是前行的指南
年轻真好可以满不在乎变幻
54 路电车跑着原来轨道线
未来只是迟到心愿
回长春寻找你那不老的笑脸

再见长春
再见青春
城市森林埋葬我们的伤痕
再见长春
再见青春
没有残酷与疼痛怎么叫青春

扫描二维码可听

金佛山雪花飘落的声音[1]

从你发来的微信
听到了金佛山下雪的声音
记忆中窸窸窣窣雪花飘落
唤醒了门前的那片方竹林
这声音遥远而沉静
这声音迷茫而温馨
松针上的雪像你大大的眼睛
红围脖的你曾有一颗疯狂的心

金佛山雪花飘落的声音
空旷山谷小溪淙淙的声音
南方的雪呀悄悄诉说
这样的雪是挽留你的馈赠

金佛山雪花飘落的声音
清晰像寂静的空屋掉下一根针
南方的雪呀屏住呼吸

---

[1] 金佛山位于重庆市南川区，系联合国命名的自然文化遗产，《金佛山雪花飘落的声音》由刘川郁作曲，音乐人铁热沁夫编曲并演唱。该歌词曲在 2016 年重庆市面向全球征集旅游音乐的活动中获第二名。收入上海星外星出版的专辑《唱着情歌去重庆》。

每一片掉落都是我想你的声音

坐北朝南的小木屋
你倾听金佛山下雪的声音
记忆中我们在雪地奔跑
留下了多少欢笑的脚印
这声音飘逸而单纯
这声音柔弱而销魂
春暖花开前雪是大地的诗人
圆酒窝的你曾有一颗忧郁的心

金佛山雪花飘落的声音
空旷山谷小溪淙淙的声音
南方的雪呀悄悄诉说
这样的雪是挽留你的馈赠

金佛山雪花飘落的声音
清晰像寂静的空屋掉下一根针
南方的雪呀屏住呼吸
每一片掉落都是我想你的声音

扫描二维码可听

呼和浩特的夜晚[1]

我是个孤独的过客
今夜来到了呼和浩特
马头琴飘出浓浓的思念
灯火辉煌却宁静怡然

不知道为什么
我们喝了那么多酒
不知道为什么
流着泪唱了那么多歌

想当年那些梦想总是很远很远
就在呼和浩特的夜晚
一个梦是北方以北的大草原
就在呼和浩特忘情的夜晚

想当年那些往事已经很远很远
就在呼和浩特的夜晚
一个梦是心中家园的敕勒川
就在呼和浩特浪漫的夜晚

扫描二维码可听

[1] 关于内蒙古自治区首府呼和浩特的歌，《呼和浩特的夜晚》由刘川郁谱曲，蒙古族歌手巴特尔演唱。曾在上海巴特尔演唱会现场演唱，感动了一大批曾在呼和浩特工作与生活的人，收入巴特尔的个人专辑《沙漠人》

大重庆[1]

嘉陵江浩荡流到朝天门
和长江相遇托起重庆城
三千年沧海桑田弹指一瞬
岁月悠悠焠炼一代代重庆人
山是巍峨入云的山
水是奔腾入海的水
路是蜿蜒盘旋的路
城是爬坡上坎的城

姑娘火辣辣
却是刀子嘴豆腐心
小伙长得俊
个个都是豪爽热情

大山大水大重庆
大气大美重庆人
穿越三峡孕育多少
壮丽诗篇英雄豪情
大山大水大重庆

[1] 关于山城重庆的歌，刘川郁作词，音乐人阿健谱曲，军旅歌手李璇原唱。2017年重庆电视台春节联欢晚会上，歌手江涛翻唱该歌，歌名改为《山水重庆》。收入上海星外星《唱着情歌去重庆》专辑。

大气大美重庆人
忆古思今抒写多少
锦绣河山壮阔人生

鹅公岩一道彩虹飞架南北
天堑变通途是勤劳重庆人
火锅里烫出多少动人故事
川江号子喊着一诺千金的魂
夜是流光溢彩的夜
门是继往开来的门
桥是穿云破雾的桥
人是顶天立地的人

夔门天下雄
红叶彩霞层林尽染
武陵天下秀
土苗儿女歌舞情深

大山大水大重庆
大气大美重庆人
穿越三峡孕育多少

壮丽诗篇英雄豪情
大山大水大重庆
大气大美重庆人
忆古思今抒写多少
锦绣河山壮阔人生

扫描二维码可听

终南山[1]

终南山巅
露饮风餐
茅屋清涧
星灿云淡

前世之缘
今生来还
茫茫人海
且悲且欢

心底有终南
在城如在山
胸中无安闲
对山空嗟叹

心底有终南
千年一瞬间
胸中无安闲
夜长路漫漫

[1] 终南山，位于陕西省秦岭山脉中段，是中国重要的地理标志，道教的发祥圣地。历代为高士归隐之地。

桃花源在哪里[1]

桃花源 在哪里
就在你心底最深处
桃花源 在哪里
就在山的那一边

桃花源 有什么
有你儿时的记忆
桃花源 有什么
有你未来的期盼

走进酉阳桃花源
我忘记方向
向前一步是魏晋
退后一步是迷茫
走进酉阳桃花源
我忘记愿望
我是来寻找那个渔人
还是来寻找故乡

[1] 这个桃花源位于重庆市酉阳土家族苗族自治县，是陶渊明笔下的桃花源原型地。《桃花源在哪里》由刘川郁作曲，歌手严心妤演唱。收入上海星外星《唱着情歌去重庆》专辑。

桃花源 在哪里
就在你昨夜的梦境
桃花源 在哪里
就在你恋人的脸庞

桃花源 有什么
有你天各一方的遗憾
桃花源 有什么
有你浓浓思念的感伤

走进酉阳桃花源
我忘记方向
向前一步是魏晋
退后一步是迷茫
走进酉阳桃花源
我忘记愿望
我是来寻找那个渔人
还是来寻找故乡

扫描二维码可听

一棵树[1]

一棵树
让你想起什么？
山楂花
吊脚楼、白衬衫
长发的姑娘相约一位翩翩少年
演绎一段
浪漫而又悲情的故事

一棵树
很容易联想到一片树林
一个春天
一次远行
一个雷雨交加的夜晚
但你不能待在这棵树下
危险

一棵树
意味着一段历史
在树下

[1] 一棵树指的是重庆南山一棵树观景台，是来渝宾客观赏山城夜景的一大佳点。此处因多年来保留一棵重庆市树——黄桷树而得名。

唐太宗拴过马
李清照醉过酒
张三丰悟过道
隔壁的小丫从天真烂漫的小女孩
已成白发苍苍的老阿婆
一棵树旁她搬过八次家

我要说的是
在重庆
一棵树
是一个地方

站在这里
可以俯瞰整个山城夜景
灯火辉煌如香港

这时
你一定会忘记
这三个字
一棵树

两路口[1]

向左走
是解放碑
向右走是杨家坪
我来的方向是观音桥

向左走
是杨家坪
向右走是观音桥
我从解放碑过来

向左走
是观音桥
向右走是解放碑
我来自杨家坪

这哪里是两路口？
这明明是三路口嘛！

[1] 重庆市地标之一。两路口地处重庆市渝中区靠长江一侧，是重庆市重要交通要道，紧邻著名的菜园坝。

但它

已经叫了上百年

两路口

你能咋地！

四公里[1]

都说重庆人直爽
从取名就看得出

从石板坡长江大桥往南四公里
地名就叫四公里
再往南一千米
叫五公里

再往南一千米
叫六公里

再往南一千米
叫七公里

再往南一千米
叫八公里

再往南一千米
叫九公里

[1] 位于重庆南岸区。

嘿嘿
猜错了

重庆人的直爽也是幽默又会拐弯的

再不叫九公里了
叫鱼洞

睡美人[1]

最初只是一座山
躺在那里亿万年
见过无数先民生生死死
突然有一天
被看出像一个鸡笼
名曰鸡笼山

看出的人成了当时的学者
又有一天被看出
像一出浴美女
仰头躺在乌江畔
长发、鼻梁、颈项都让人遐想
这一天彭水这座城市有了诗意
这一天彭水这座城市有了美
其实还是那座山
一动不动
创造着迁徙与职业

远远赶来欣赏的人

[1] 位于重庆市彭水苗族土家族自治县乌江畔，宛如一出浴美女仰躺在乌江边，故名睡美人。

成了旅游家

有人想寻找谁

最初为她命名为睡美人

哦

这是个历史学家

回到赛汗塔拉[1]

遥远的天边有一座城
他的名字叫作包克图
有鹿的城中有一片草原
她的名字叫赛汗塔拉

赛汗塔拉毡房里有个姑娘
她的名字叫作萨日娜
美丽的萨日娜有一个梦
梦中的巴特尔骑着白马

回到赛汗塔拉
走进白云的怀抱
回到赛汗塔拉，
喝了醉人的酒
我是你命中的牵挂
你是我永远的思念

遥远的天边有一条河

[1] 赛汗塔拉，是内蒙古包头市城市中心草原的名字，蒙语意思：美丽的草原。包头蒙语叫包克图，是有鹿的城市之意。已由刘川郁谱曲。

他的名字叫昆都仑河
昆都仑河边有一个草原
她的名字叫赛汗塔拉

赛汗塔拉蓝天有一只雄鹰
他的名字叫作巴特尔
勇敢的巴特尔有一个梦
带上萨日娜驰骋在草原

回到赛汗塔拉
走进白云的怀抱
回到赛汗塔拉
喝了醉人的酒
我是你命中的牵挂
你是我永远的思念

扫描二维码可听

三担湖[1]

晚风吹来荷塘的芬芳
湖水倒映你的脸庞
仿佛回到了昨天
如水黑发抚摸我手掌
你我曾一起去彷徨
袅袅炊烟共守望
无忧无虑的岁月
一瞬间已飘向远方

三担湖
我们一起做梦的地方
哪怕静静不说一句话
轻轻地相拥传递安详
三担湖
我们一同看夕阳的地方
无边的金色照耀你和我
忘却了流逝的匆匆时光

微雨送走空气的烦恼

[1] 三担湖位于重庆市璧山区。该诗由刘川郁谱曲，由《中国好声音》参赛歌手吐洪江演唱。

薄雾轻拂你的心房
仿佛遇见了明天
白发悄悄萦绕你头上
你我曾一起很迷茫
绿绿青波同荡漾
如梦如烟的往事
一转眼又回到故乡

三担湖
我们一起做梦的地方
哪怕静静不说一句话
轻轻地相拥传递安详
三担湖
我们一同看夕阳的地方
无边的金色照耀你和我
忘却了流逝的匆匆时光

扫描二维码可听

过客

村庄的声音[1]

潺潺的流水
绿绿的原野
黑黑的土地
暖暖的亲人
长长的小路
悠悠的木笛
朗朗的晴空
红红的姑娘
黄黄的秋天
沉沉的果实
满满的米酒

盈盈的泪水
傻傻的岁月
淡淡的忧愁
轻轻的誓言
缓缓地流走
村庄的声音
总在我心田

[1]《村庄的声音》由刘川郁作曲，歌手刘端雯演唱，是刘川郁向作家何炬学先生的同名散文集致敬的作品。收入上海星外星《唱着情歌去重庆》专辑。

村庄的人啊
总令我难忘
村庄的声音
越来越清亮
是否我已老
想回到故乡

扫描二维码可听

解放碑下[1]

在人潮汹涌时最感到透心的孤独
在霓虹灯摇曳中最感到心如止水
在时尚的漩涡中最感到简单的快乐
在嘉陵江潮头回眸是梦想的解放碑

那经历风雨后一定是绚丽的彩虹
那遗忘过去的你
一定是只迷途的羔羊
那失败虽可怕还是相信明天会更好
那徘徊朝天门抬头是梦幻的解放碑

现在的解放碑有许多漂亮的姑娘
许多人过来欣赏美丽被称作打望
新世纪美美百货的灯火越来越辉煌
忘不了当年街边摇曳着
蒲扇和凉板床

车来车往的人群挡不住理想的步伐
吊脚楼白衬衫青涩的你

---

[1] 解放碑位于重庆市渝中区，是重庆的地标建筑。《解放碑下》由刘川郁作曲，《中国好歌曲》参赛歌手灰子演唱。收入上海星外星发行的专辑《唱着情歌去重庆》。

一年年在成长

解放碑的故事如长江水源远流长

皱纹满脸的你是当年碑下的姑娘

扫描二维码可听

峡谷之城[1]

十年之前
我们在峡谷许下诺言已随
阿蓬江流到很远很远
十场秋风
吹过我们的脸
峡谷未变
人已变得 眷恋

十年之后
我们在峡谷再相见记不住
小南海边彼此的笑靥
十场春风
曾经敲开我们的心扉
峡谷在变
人还是那么温暖

峡谷之城
多少年多少年多少年
走过一对对少女少男

[1] 峡谷之城指的是重庆市黔江区，这里一条大峡谷穿城而过。《峡谷之城》由刘川郁作曲，歌手张宁演唱，在互联网音乐平台发布后，广受好评。收入上海星外星发行专辑《唱着情歌去重庆》。

峡谷柔情
多少次多少次多少次
相同的故事又在上演

峡谷之城
多少年多少年多少年
风雪雨霜打不垮浪漫
峡谷柔情
多少次多少次多少次
过去的故事依然新鲜

扫描二维码可听

初恋边城[1]

拉拉渡过河的瞬间
他们轻轻地牵手
姑娘的眼睛泪光闪闪
小伙掏手绢为她擦干

边城的风撩动她的白裙
这时候已经快夕阳西沉
小伙说每天都给她写信
姑娘迷茫转头看见晚归渔人

每一对男女都有
自己的边城
每一个初恋
都那么流连忘返
每一次遗忘
都会茫然失措
每一回离别
都是刻骨铭心

[1] 重庆市秀山土家族苗族自治县洪安镇与湖南省湘西茶峒交界，是沈从文笔下的《边城》的原型地。《初恋边城》就以这里拉拉渡发生的故事为背景。作曲刘川郁，《中国好声音》走出的新疆歌手吐洪江演唱。

想起那年的秋天
你穿过秀山秀水来看我
你说人生不过是过眼云烟
离别场景像今天在重演
渡船靠边向姑娘挥手
他的背影很快消失在人群
姑娘重新上船轻扶栏杆
她的白裙在夕阳下格外耀眼

每一对男女都有
自己的边城
每一个初恋
都那么流连忘返

每一次遗忘
都会茫然失措
每一回离别
都是刻骨铭心

扫描二维码可听

过客[1]

风是山冈的过客
水是河流的过客
麦浪是田野的过客
竹林是女巫的过客
回忆是眼泪的过客
拥抱是分手的过客
身体是灵魂的过客
快乐是忧伤的过客

雨是天空的过客
雪是理想的过客
草原是雄鹰的过客
黄昏是隐者的过客
今天是昨天的过客
故乡是流浪的过客
孤独是遗忘的过客
你是我温暖的过客

扫描二维码可听

[1] 谁不是谁的过客？《过客》由刘川郁作曲，《中国好歌曲》走出的歌手灰子演唱，在多家互联网音乐平台热播。

三月的记忆[1]

除了马蹄不再有三月的记忆
除了记忆不再有旧友的归期
除了归期不再有春水的流逝
除了流逝不再有马蹄的美丽

除了白衣不再有晚风的飘逸
除了飘逸不再有人生的迷离
除了迷离不再有故乡的远行
除了远行不再有白衣的诗意

除了诗意不再有白衣的远行
除了远行不再有故乡的迷离
除了迷离不再有人生的飘逸
除了飘逸不再有晚风的白衣

除了美丽不再有马蹄的流逝
除了流逝不再有春水的归期
除了归期不再有旧友的记忆
除了记忆不再有三月的马蹄

---

[1] 已由刘川郁作曲。

吕博士[1]

吕博士
当你独自走过操场
对你的误解就像野草般疯长

吕博士
时间折叠着计算
校园才七天世上已三年

多少个日子闭关苦读
多少个日子孤独彷徨
吕博士
你从一本书里
读到更遥远的远方

吕博士
他们说你是第三类人
冷静的面容加上强大的气场
吕博士
你不经意的一句话
碰碎了男孩脆弱的小心脏

[1] 吕博士是一位女博士，由刘川郁作曲。这是第一首关于女博士的歌曲。

你其实也是个小女人
也渴望一袭白色长裙
吕博士
坐在东门的荷塘
等待一个人和月亮

吕博士
为什么你将柔情似水
深深地隐藏
吕博士
你不是没有眼泪
只是比其他女孩更懂得坚强
吕博士
脱下头上博士帽容易
脱下心中博士帽很难
吕博士
路漫漫需要有人携手前行
心累了要知道静静地疗伤

简单是天堂[1]

是不是我们太过匆忙
是不是我们太过逞强
是不是太多的话让我们沉默
是不是我们把面具当作脸庞

是不是你曾无数次迷茫
是不是你曾无数次向往
是不是你想走出城市的喧嚣
是不是原来简单是天堂

听从内心的召唤
来阿依河情书长廊
捧一封久违的情书
放漂自己的忧伤

丢掉莫名的烦恼
去摩围山花的海洋
人生不必那么复杂
简单才有天堂的芬芳

扫描二维码可听

[1]《简单是天堂》由刘川郁作曲并演唱。其中提到的阿依河、摩围山位于重庆市彭水苗族土家族自治县，网友称这里为“中国爱情治愈圣地”。

开始

他开始学吹洞箫
同时他开始学写散文
他开始学弹吉他
他开始学画素描

他开始学打篮球
同时他开始学解微积分
他开始学拉二胡
他开始学背《道德经》

他开始学喝白酒
同时他开始学画水粉
他开始学写朦胧诗
他开始学习静静冥想

他开始学会长途跋涉
同时他开始骑自行车
他开始背诵英语
他开始学打内家拳

他开始在吹奏中冥想
他开始打完篮球后练太极

他开始边弹吉他唱自己诗歌谱成的歌
他开始喝着小酒背英语单词

他开始骑着单车旅行中支起画架
用水粉表达一片树林、一簇野花
他开始用微积分求解
阿炳的《二泉映月》
他开始把《道德经》改写成
自己才能读懂的散文

他没有成为吹奏家、吉他手、画家
当然他也没有成古文学者、数学家、品酒师
他没有变成旅行家、赛车手、运动员
同时他也没有成为冥想师、翻译家、武林高手

他开始整整 27 年
一直没想过
为什么要开始
有一天他突然明白
27 年的准备
他仅仅为了成为他自己

古风

采菊[1]

借我一座云雾山
借我木楼瓦房两三间
借我村头小溪水潺潺
借我青青翠翠一亩薄田

借我霏霏细雨天
借我三三两两的白杜鹃
借我高粱小酒金黄灿灿
借我一把竹椅闲话人间

借我古诗两句
采菊东篱下悠然见南山
借我感慨万千
此中有真意欲辨已忘言

---

[1] 已由刘川郁谱曲。

大鸟[1]

大鸟
大风
大海

大雨
大雪
大山

大人
大王
大歌

大智
大恶
大家

大喜
大悲
大哭

---

[1] 已由刘川郁谱曲。

大笑
大怒
大爱

大起
大落
大幕

大退
大彻
大悟

哦

大的世界
小的我

风动幡动心动[1]

人生是风
命运是幡
动一动
生与死之间

风里有泪
幡里有笑
动一动
悲与喜变幻

是风动是幡动还是心动？
是风动是幡动也是心动
是风动是幡动还是心动？
不是风动不是幡动是心在动

过往是风
未来是幡
动一动
遗忘了时间

[1] 已由刘川郁谱曲。

风里有心

心里有幡

动一动

风吹幡心已远

是风动是幡动还是心动？

是风动是幡动也是心动

是风动是幡动还是心动？

不是风动不是幡动是心在动

回古代[1]

回古代，求爱是直接的
你是窈窕淑女，我是君子好逑
回古代，英雄是悲壮的
风萧萧兮易水寒，壮士一去兮不复还

回古代，风景是干净的
明月松间照，清泉石上流
回古代，喝酒是狂放的
天子呼来不上船，自言臣是酒中仙

回古代
快回古代
一切都那么好的古代
回古代
快回古代
美丽与哀愁的古代

回古代，姑娘是淳朴的
千呼万唤始出来，犹抱琵琶半遮面
回古代，诗人是孤独的

[1] 已由刘川郁谱曲。

姑苏城外寒山寺，夜半钟声到客船

回古代，理想是执着的
衣带渐宽终不悔，为伊消得人憔悴。
回古代，音乐是渺茫的
曲罢不知人在否，余音嘹亮尚飘空

回古代
回不去的古代
回古代
不必回的古代

昨天是今天的古代
今天是明天的古代

做好现在
留给后来人一个
美好的古代

假如我是李清照[1]

假如我是李清照
平平淡淡也诗意萦绕
在没有微博微信的日子里
每一个字都是灵魂的冒号

假如我是李清照
每一篇诗词都不为发表
任性的享受每个白天和黑夜
不去想明天会不会更好

李清照
轻解罗裳，独上兰舟
写下了那么多孤寂烦恼

李清照
一种相思两处闲愁
三杯两盏淡酒任逍遥

海棠依旧
绿肥红瘦

---

[1] 已由刘川郁谱曲。

李清照
留下一个鲜活的
宋朝

假如我是李清照
浓睡残酒没那么重要
柴米油盐酱醋茶
快乐梦想都是描绘的颜料

假如我是李清照
我会去雪山草原奔跑
去大海体味生命的宽广
为诗歌增添阳光的心跳

李清照
雁字回时，月满西楼
忘不了凤凰台上忆吹箫

李清照
物是人非，寻寻觅觅
梧桐黄昏雨香消酒未消

庭院深深
天涯芳草

李清照

白描一个婉约的

宋朝

长安城的风铃

剑已出鞘
十步杀一人
银光划破长空
斩断多少人的前世今生
泪水抚摸伤痕
月圆月缺月空明的长安城
神秘而美丽的女人
庭院深深到底几许深

长安城的风铃
吹响那次比远方更远的远行
长安城的风铃
掩饰那天突如其来的黄昏
长安城的风铃
古道西风瘦马带不走送别的长亭
我是你放不下的远方
你是我忘不了的孤城

拂衣而去
千里不留行
深藏了功与名
衣衫惊动屋檐下的风铃

秋风吹皱渭水
花开花落花飘零的长安城
短暂而美丽的相逢
侠骨柔情到底几分真

长安城的风铃
吹响那次比远方更远的远行
长安城的风铃
掩饰那天突如其来的黄昏
长安城的风铃
古道西风瘦马带不走送别的长亭
我是你放不下的远方
你是我忘不了的孤城

庄周的蝴蝶[1]

这天晚上
他梦见了一只蝴蝶
这天晚上，
他怀疑自己是一只蝴蝶
这天晚上，
他说做梦的是一只蝴蝶
这天晚上，
梦境里有他有一只蝴蝶

我问庄周
人生真的如一场梦吗？
我问蝴蝶
人生真的如一场梦吗？

我问庄周
每个人心中都有一只蝴蝶吗？
我问蝴蝶
每个人心中都藏一个庄周吗？

[1] 已由刘川郁谱曲。

春晓

假如
我是说假如
《春晓》这首诗没有被《全唐诗》收录
流传

也就是
宋元明清的诗人
对她一无所知

假如
这平白如话的绝句
被 1990 年一位重庆青年
吃过火锅喝完山城啤酒
随口吟出
“春眠不觉晓，
处处闻啼鸟
夜来风雨声
花落知多少”

这首诗
还可能流传千年吗？

我的答案是：

不能

静夜思

床
月
霜

月明
如霜

千年之后
人
长袍换西装

仍仰望
思乡

这首诗
是
药引

唐朝一瞥

晨钟
暮鼓
山
空空如也

童子
松树
孤舟
水
清澈见底

雪
冷
月朗星稀
大地无声

你说
这是唐朝

吟咏

诗是要吟咏的
吟咏留给世界印记与能量

“熟读唐诗三百首
不会作诗也会吟”

一首诗
被吟咏多少次?
宇宙听得见

“明月松间照
清泉石上流”
13 亿中国人
20% 喜欢唐诗
其中又 20% 喜欢王维
其中再 20% 喜欢《山居秋暝》
且每年吟咏一次

2016 年
这两句诗
将被吟咏 1040 万次

而许多诗写出来
只被吟咏一次
由作者本人

宇宙也能听见

杂诗

重庆的夏[1]

那位非洲哥们儿想回老家
他说重庆的夏让他害怕
每一个角落都充满着火
他黝黑的皮肤比以前更黑了

防空洞挤满乘凉的大爷大妈
他们的蒲扇摇了几十年了
从七星岗到沙坪坝电车已经停运
地铁一号线装着新的希望到达

光着膀子
吃着火锅
重庆的夏
看着美女
喝着啤酒
重庆的夏
重庆的夏
就这么酣畅淋漓的夏
这都没经历过

[1]《重庆的夏》，由刘川郁作曲，青年歌手傅元正演唱。收入上海星外星发行的专辑《唱着情歌去重庆》。

你怎么叫重庆人呀

漂亮的北京姑娘来到重庆
她说重庆的夏让她惊讶
每一寸空气都能够挤出水
她干燥的皮肤比以前更光滑

洪崖洞的重庆言子满天在飞
姑娘喜欢上一位哥哥椒盐普通话
从歌乐山到朝天门一路相伴
他的笑话让姑娘哭得稀里哗啦

坐着索道
越过长江
重庆的夏
爬着梯坎
找着小面
重庆的夏
重庆的夏
就这么自由自在的夏
这都没经历过
你怎么叫来过重庆呀

扫描二维码可听

生之门[1]

天地轮回更新
万物不息生生
茫茫人海相遇
多少夙愿成真

你在我家降临
是否前世已注定
未来路再坎坷
我们携手同行

生之门
神秘的相约与命运
前一秒不知后一秒
生与死有时很远 有时很近
生之门
美丽的造化与馈赠
这一刻哪管下一刻
死与生有时好重 有时好轻

扫描二维码可听

[1]《生之门》由刘川郁谱曲，是专门为 2016 年电影《生门》所作的主题曲。歌手金志文、王卓分别演唱发行。

王维和我谁更容易成为诗人？

唐朝的某个傍晚
雨后的山麓青翠欲滴
月亮从松林升起
潺潺流水流过青石滩

洗衣归来的村姑
趁傍晚下网的渔夫
和王维点头致意
当天晚上
在自己的书房
王维将傍晚所见迅速赋诗一首
《山居秋暝》

一千多年后的某个清晨
我早上 6 点 20 分起床
紧急出门
晚 20 分钟
高家花园大桥就堵死了
重庆也开始有雾霾了
最近工作太紧张
一天一城的节奏
很难静下心

完整地看完一本书
写完一篇文章

王维和我谁更容易成为诗人？
他将一个傍晚写成千古名句
我将一个清晨写出
只能是一篇
淹没在信息海洋的“流水账”

分鱼

1979 年夏天
乡亲们从木棕河捞起一条鲇鱼
足有七十斤重
有扁担那么长

我看见隔壁大叔
举起斧头
将鱼砍成一截一截
分给十几家人

我们家的那块鱼
母亲煎成焦黄的一坨一坨
那种咸
那特殊的味儿
我从此再未吃过

还有
我再也没有见过
分鱼

为什么需要诗

在一万米高空
白云之上
突然想到这个问题：

为什么需要诗？
告诉自己
只能
用一句话
回答

……
一小时后
我想到答案：
因为
——诗歌无用

因果

堂叔刘一合
解放前的土匪
常别一把斧头
跟随陌生路人

行到森林茂密处
用斧头猛敲人头颅
咚
推下山崖
带走简陋财物

解放后
不知何故
没被抓捕

某日
蓝天白云
他在院劈柴
斧头脱柄
飞——
落下
直插刘一合堂叔头顶

当场
卒

村民说
看
这叫因果

枫桥夜宿

住在堂皇的大酒店
有桥
无船
无钟声

窗外汽车鸣笛声急
有月色
有江枫
无忧愁

无乌啼
无渔火
夜晚的姑苏渐渐安静
让人想起这不是上海

隔壁就是寒山寺
让我不得不怀念张继
枫桥夜泊

打一套内家拳

烧一炷平安香

吃一碗枫桥馄饨

留下风尘仆仆的背影

松

一套拳就是一首诗
人生的喜怒哀乐
纠结矛盾
尽在一套内家拳中诠释

中正平和
以柔克刚
后发先至
既有世界观又有方法论

而这一切竟然是因为
神秘的
松

松
从有我到无我
松
从身松到心松

从隐秘到自然
松而不懈

有意练松柔

无意得刚强

一位老者去世前说：

“如果再松一点儿就好了！”

有多少人听懂这毕生的咏叹？

内家拳武者

一吞一吐

可以把一棵树松作一座终南山

虎豹雷音

虎豹雷音
这诗意的名字
发明者是一个功夫高手

他并不识一个字
三十年
风雨不断地操练

他从闷雷的涌动中发现
天空暗藏的
力量

他从溪涧虎豹的怒吼
发现
由内而外的力量

大自然与动物的
力量
蕴聚
咕咕咕 ......
发出的声响竟然如此相似

他双眼放光

脱口而出

虎—豹—雷—音

一辈子

仅写下这一句

诗

却影响了一代代修炼者

单鞭

没有马
没有鞭

却又骑着马
扬着鞭

左手牵挂着右手
右手牵挂着右脚
右脚牵挂着左手
左手牵挂着左脚

八面支撑
意与气贯穿
每一个细枝末节
既是自己
也是全身

单鞭
全靠想象的骑马扬鞭

几十年的枯燥重复

终于有一天

透出人生的雄浑

行云流水

行云流水
让你想到什么？

清瘦的太极拳修炼者
在苍翠竹林
迎着薄雾
挥动双臂

微微风吹过
修炼者白衫飘飘
你从她身体的曼妙变化中
读到
飘逸

你顺口说出：
哇，好美！
真的如行云流水

而师父严肃告诉我：

记住

练拳要避免行云流水

行云流水

功夫会付诸流水

白鹤亮翅

当说出这个词
你想象田野、流水
白鹤立于其中
梳洗、展翅
风吹过竹林，送来诗意

而对于百分之一的太极修炼者
想到的却是
身体前后的挺拔与下沉
一呼一吸的深、慢、匀的完成

胸与腹的折叠
手与脚
肘与膝
腰与胯的照应

从提手上势
酝酿而出白鹤亮翅
接下来是汹涌连环的搂膝拗步

三十年的锤炼
它变得自然、流畅

太极人
这时想象自己
立于有风吹过的水田
像一只飘逸的白鹤
遗世独立

太极

你说
哈哈
太极是一个西瓜
分成两半
一半给你
一半给他

他说
嘿嘿
太极是一个西瓜
分成两半
一会儿给你
一会儿给他

我说
呵呵
太极是一个西瓜
分成两半
一会儿是你
一会儿是他

雄浑

用三十年的时间
将滔滔江水收藏于胸中
将下山猛虎收藏于胸中
将滚滚闷雷雷霆万钧之力
收藏于胸中

一点一滴地收藏
悄然无声
仿佛遗忘了几千年
汇聚
汇聚

直到有一天
纤纤左手拨开空气
盈盈右手拨开历史
三十年的累积集于拳的一点
缓缓推出

撕开人生大幕一道口子
雄浑的力与势
得以石破天惊

冲淡

再忘记一些
忘记身在蓝色如镜的湖水
倒映舞动的拳势

忘记湖水后面
茂密竹林
以及可能出现的流水
琴声、女巫

忘记高高在上的月光
穿越魏晋与唐宋
又来照射浮躁的
你和我

再忘记一些
十年也好
二十年
五十年也好

一套拳

只是这个世界的一个小插曲
将这插曲忘掉
一个音符也不剩

总经理

接过助理递过的行程单
4：30 起床、洗漱、去机场
6：00 坐第一趟早班机，去首都北京
10：30 在中关村出席签约仪式，并主题演讲
12：00 陪某部司长午餐
14：00 接待某世界五百强亚洲区总裁

16：00 见 6 个基层员工，听他们谈谈对公司的建议
18：00 晚餐，盒饭
18：30 年度预算会，4 个部门汇报
23：00 预算会结束，赶往宾馆

24：00 洗漱完毕，上床睡觉
1：00 想着本月业绩，失眠
1：30 默想蓝天、白云、草原，数着草原上的绵羊
1、2、3、4……
迷迷糊糊中睡着

3：50 被一条短信惊醒：
总经理，你的飞机已经值机，今天起飞时间 6：10
哦，比昨天可以多睡 10 分钟

4：30 睁开眼睛

发了一条微信

和一个微笑：

一年之计在于春，春天真的来了！

如何让中国诗人变多

当我把总经理的行程单
写成一首诗
发给朋友

朋友说
这也叫诗?
我也是诗人

朋友说
也好

这也算诗
中国许多人都能写诗

于是
于是
于是

中国的诗人就越来越多了

你要对

对，你的目标要专一
对，你的精神要集中
对，你的成绩要前茅
对，你的工作要如意
对，你的钱包要鼓起
对，你的饮食别增肥
对，你的聚会别喝酒
对，你的交友要谨慎
对，你的谈吐要慢点
对，你的鞋带要系好
对，你的被盖叠整齐
对，你的周末别懒惰
对，你的衬衣要常洗
对，你的年纪该结婚
对，你的苹果要削皮
对，你的烧烤要少吃
对，你的歌曲别跑调
对，你的脾气别太急
对，你的人生别出错

对，你的脑子要灵活

对，还有许多要提醒的话
对，等我想起了再告诉你

怀念数学

多少人当你是魔咒
18 岁就离开你
像胜利大逃亡

多少人阴差阳错
与你擦肩而过
从此人生
再无
微积分
博弈论
以及更多美丽的公式

多少人
醉心于诗词歌赋
之乎者也
但是
没有了数学、数字
一部中国文学史
会不会少了一半的
美。

望星空[1]

抬头看见
高远的星空
怀揣一颗
漂泊的灵魂
在理想与现实
边缘徘徊
触摸疲惫
迷惘与痛苦
回头看见
高远的星空
遇到一个
更清晰的自己
经历越久
越远越明白
梦原来才是
最美的现实
今夜我
望星空

[1] 刘川郁曲，专门为北京大学120周年校庆而作，歌手李东信演唱，由上海星外星制作发行，在QQ、虾米等音乐平台广为传播。

是那样辽阔与神秘
苍茫之中的星星点点
记下了你的灿烂辉煌
今夜我
望星空
是那样浩渺与孤独
未来旅途无论多遥远
我相信你一直陪我前行

扫描二维码可听

附录

“带回年少的梦，点燃梦想的光”

——听刘川郁《唱着情歌去重庆》

李由[1]

一

川郁和我曾经是同行，当时我俩分属在渝东南的两家地级媒体，虽“各自为政”，但因为趣味相投也常常在一起聊聊天、喝喝茶……也常常和他及朋友们一起谈新闻业务、谈帅哥美女、谈文学音乐，只是当时没想到他会去写歌。毕竟媒体人都

[1] 李由：重庆市首届“五个一批”文化人才、全国德艺双馨电视艺术工作者。音乐人、音乐评论人、电视编导，现为重庆市艺术创作中心音乐舞蹈部主任、《重庆艺术》杂志编辑部副主任。曾获中国新闻奖、星光奖、“五个一”工程奖等多项奖项，曾出版专辑、专著多部。

很忙，细细想来，真正在一起长谈的时间还很少。2001年他去了《重庆商报》，联系就更少了。

后来他和他的伙伴们折腾出一个“猪八戒”，“一不小心”成了估值百亿的“中国领先的服务众包平台”的副总裁，还陆续有了“传媒学博士”“传媒学者”“西政广播影视与新媒体研究院秘书长”“川大新闻传播研究所研究员”甚至“跨界达人”“太极高手”等头衔。对此，我一点也不意外，因为我知道，“不折腾”和“不折腾出一点动静”就不是他刘川郁了。

他的挚友王东（我们也是多年朋友）说过一段话：“近日重庆各大媒体发布了一条消息，一个自称‘打酱油’的音乐爱好者，要众筹出版一张专辑。我一看，就知道刘川郁又玩出了新花样……和刘川郁做朋友，是一件很愉快的事，和他在一起，总有一种如沐春风的新奇与自在。不过，近年来，他折腾得实在太火了。”

确实，“和刘川郁做朋友，是一件很愉快的事”。其实之前川郁曾经零星地给我听过了他的一些作品，甚至还很谦虚地请我“斧正”，但毕竟不常在一起，也没具体的“碰撞”，所以心里只是以为他“爱折腾”吧，有些不以为然，没有想到他竟然一发不可收。

据说，2014年底他就出了一张“内部版”个人专辑《让时间停下一点点》。遗憾的是，我没有完整地听过。我真正知道他出专辑是从“重庆国有文化创意众筹平台‘文创宝’上线仪式”上知道的：“刘川郁创作的12首情歌组成的专辑《唱着情歌去重庆》将制作发行，而这张专辑将以众筹的方式推出，这也是首个音乐专辑众筹项目。”

二

我一直以为，在一张专辑还未面世的情况下，就大力展开“宣传攻势”，其实是相当冒险的。——但也许这个观点不属于“互联网+”的时代。

川郁的同伴、猪八戒网CEO朱明跃先生在一次接受记者采访时有句话：“大众创业、万众创新，互联网+的时代风口也就这么一年，我们必须全力地抓住，如果简单从经营的逻辑来说，我认为不需要这么疯狂，但是我们今天就是这么疯狂。我觉得需要去抓住时代带来的机遇。”

也许这就是“互联网+”的思维。

现代流行音乐是工业时代的产物，具有时代

性、阶层性、年龄性、地域性和浅表性。流行音乐由于其“流行”的属性，“需要去抓住时代带来的机遇”。我国目前流行音乐乃至大众文化的发展，还滞后于整个经济社会的发展。若不能走在时代前面，就只能被时代遗弃。

纵观全国“征歌”“大赛”“打榜”“发表”“出版”……我们每年的新歌作品的数量用“汗牛充栋”来形容，一点都不夸张。仅中国音协的官方刊物《歌曲》每年就发表歌曲 430 多首、歌词近 200 篇，而同为中国音协官方刊物的《词刊》发表歌词 1100 多篇。这两类刊物的作品质量不可谓不高、数量不可谓不多。但真正被大众喜欢的、流行开的却屈指可数。而一些所谓“网络的”“草根的”“众筹的”“一不小心的”“打酱油的”作品却往往得到了大众的认可。

大约 20 年前，我曾和陕西的飞林老师（《音乐天地》编辑、陕西省有突出贡献专家）有次偶然的合作（歌曲《桃花水》）。后来一直没有联系，最近却无意间看到一篇他过去的博文。他把那种“打酱油”的群体称作“体制外音乐从业人员”。他说：“……说心里话，我喜欢这些词人的率真，更喜欢他们作品中的那种我称之为‘蓝天白云’‘春暖花开'的美好，还有语言的张力，文字的质朴等等……从这个意义上看，这个群体所散放出来的闪光方面，或许就是我们大家都要去努力实践的。"（尚飞林《在音乐文学杭州会议上的发言》）

因此，这种"打酱油"的文化现象确实值得我们曲作家、词作家乃至政府主管部门进行一些反思和研究。

但严格地讲，"流行"只能是流行歌曲的一个受众要件，并不能作为"好与坏"的标准。

在科技界，特别是西方科技界，对新的科研成果一直保持着"同行评议"的传统和行规，新成果需要由同行评审和议定后，才能为大家所接受。而在流行音乐甚至是大众文化界，一个作品到底好不好？采用什么评价体系？似乎历来是个说不清的话题。

互联网普及，让每个大众都可以"有话就说"。这种"有话就说"逐渐演变成了"民粹至上"的评论体系。于是，我国的专业体系或者说行业内部评议的体系开始瓦解，正统的专业规范和理论精神被调侃、嘲讽甚至摒弃。

这种"民粹至上"实际上是一种文化的缺失、一种价值观的颠覆。价值观是一个民族、一个国家前进的价值引领。为此，习近平强调，每个时代都有每个时代的精神，每个时代都有每个时代的价值观念。“……我们提出的社会主义核心价值观，把涉及国家、社会、公民的价值要求融为一体，既体现了社会主义本质要求，继承了中华优秀传统文化，也吸收了世界文明有益成果，体现了时代精神。必须努力传播当代中国价值观念。”（2014年习近平在北京大学师生座谈会上的讲话）

因此，文艺作品的创作，特别是以互联网为依托的大众文艺创作，要体现“国家、社会、公民的价值要求”而不仅仅只是某个公民个人的、即兴的“风花雪月”层面的价值诉求。片面地强调个人的小情感和初级的、“形而下”的情绪宣泄都是不妥的。在“互联网+”的时代，我们依然要倡导一种能被历史认可的、能体现“正能量”的、“真善美”的文艺精神。

2011年BBC发行了一部纪录片《*Symphony on Four*》(《交响乐》)，担任讲解的是演员兼音乐史学者西蒙·罗素·贝尔，他在介绍贝多芬时，说了这样一段意味深长的话：“尽管贝多芬想要谱写的是直观易理解的音乐，但他并不仅仅追求给予的愉悦。他想要这样一种音乐：它能影响人们的生命体验，在乐曲终结后，仍能萦绕人心与心长久共鸣……”

很欣慰，在《唱着情歌去重庆》里我依稀听到了一些“不仅仅追求给予的愉悦”的声音：

那经历风雨后一定是绚丽的彩虹
那遗忘过去你一定是只迷途的羔羊
那失败虽可怕还是相信明天会更好

——《解放碑下》

仙女山的月亮
更大更圆的月亮
点亮思念的火
点燃梦想的光

——《仙女山的月亮》

夜是流光溢彩的夜
门是继往开来的门
桥是穿云破雾的桥
人是顶天立地的人

——《大重庆》

村庄的声音
总在我心田
村庄的人啊
总令我难忘
村庄的声音
越来越清亮
是否我已老
想回到故乡

——《村庄的声音》

长大我悄悄离开了家
为了生活去行走天涯
在异乡的都市驻下脚步
躁动的灵魂渐渐放下
偶尔回家也是匆匆的啊
看妈妈的动作更迟缓了
窗外的雨打芭蕉滴答嘀嗒
我们肩并肩坐着没有说话
多希望时光回
回到童年的明媚春光
妈妈为我递过新书包
孩子啊要听老师的话

——《时光回》

三

《唱着情歌去重庆》里面的歌我有些是听过的，但可能和我的个人喜好有关（我曾是一名发烧友、从事过录音师工作），我一直不喜欢网上那种低码率的 MP3 之类，总认为那种通过被“工业化”的技术手段剔除了细节的音乐肯定会丢掉很多本该出彩的细节，就如现在很多网上的东西丢掉了许多本应该有的内涵一样。

我完整地听完专辑，是川郁发给我专辑原始音频之后。因为是朋友的专辑，所以我又操起了“发烧友”的套路：首先是刻录成 CD 在车上通过我那 Boston 在喧嚣的环境下听，然后是戴着 AKG 的 K712pro 贴近地听，最后是通过 KT88 胆机一个人在家里静静地听。说不上每首都喜欢，但确实有几首我比较喜欢，反复地听了 n 遍。

《唱着情歌去重庆》风格不算复杂，除了几首带摇滚的曲风外，整个专辑整体的风格类型基本可以概括为两个字“民谣”！

20 世纪 70 年代，叶佳修、刘文正、罗大佑、《橄榄树》《乡间的小路》《外婆的澎湖湾》《兰花草》……数不胜数的“显示挚纯的心态和清新的情感”的歌曲和一大批至今耳熟能详的歌手开始席卷中国大地，特别让刚从“文革”中走出的大陆民众如沐春风。在华语音乐史上，这些作品无论规模还是影响，都属空前。这些作品被业内冠以“台湾民谣”的称谓。从此，华语音乐多了一个新兴的类别，这个类别生命力之强，几乎在所有的人的心灵里都或多或少地留下了印记。

差不多二十年后，一盒名叫《校园民谣 I》的盒带由大地公司推出，这张合辑让《同桌的你》和《睡在上铺的兄弟》唱遍大江南北。从此深受年轻人喜欢的大陆原创民谣有了自己的名字——“校园民谣”。

流行音乐是大众的音乐，是最容易引起人们内心共鸣的艺术。作为 20 世纪 90 年代内地流行乐坛最具风格的校园民谣，像流水一样覆过几代人的心灵，留下不可抹去的烙印。

而刘川郁那个时候正在校园里，他的心灵自然也会被校园民谣“流水一样覆过”。

于是，《唱着情歌去重庆》就深深地留下了这个印迹：

清新质朴、直抒胸臆、自言自语似的娓娓道来，3/4、6/8 拍子，羽小调、吉他、口琴、电钢……

校园民谣的“标配”元素一个也没落下。

张磊、赵照、侃侃、李东信、铁热沁夫、王卓、严心妤、黄绮雯、吐洪江、张宁等流行音乐的新锐歌手和申鹏、周晶、渡乐团、飞仔、海波、赵翔、赵照、铁热沁夫等流行音乐的资深编曲们的加盟和演绎更强化了这张专辑“校园民谣”的属性和格调。

《1980年代的爱情》(赵照演唱)、《喜马拉雅》(黄绮雯演唱)从曲风、歌词到标题都是地道的“校园民谣”风格。

离别的那个晚上吉他声弥漫着忧伤
唱完我们会唱的歌明天就天各一方
想问的问题很多你笑着说只问一个
为何你一直在躲藏你说我属于远方
只有思念的80年代没有牵手的80年代
偶尔会想起想起会心伤
青春如梦的80年代不再回来的80年代
简单的爱情曾在我心上

——《1980年代的爱情》

红衣的姑娘正在看一本艺术史

她大大的双眼有泪光一闪一闪
白发的先生带来自己的叶赛宁
清茶一杯 在藤椅上品味夜晚
——《喜马拉雅》

而《阿依河的夜》《金佛山雪花飘落的声音》《桃花源在哪里》《仙女山的月亮》《峡谷之城》则采用了统一的“情绪铺垫+高潮主题”的形式。

……
十场春风
曾经敲开我们心扉
峡谷在变人还是那么温暖

峡谷之城
多少年多少年多少年
走过一对对少女少男
——《峡谷之城》

……
总有一天 我们会白发苍苍

是否还能 一起回到老地方
月光和竹筏 闪耀着迷人的光芒
载不动爱恋 就让它随风飘荡

阿依河的夜
这样的妩媚
摇曳着两颗漂泊的灵魂
——《阿依河的夜》

阵阵松涛吹过来
摘一朵野花戴头上
皎洁月光像泪水
随他们沧桑岁月流淌

仙女山的月亮
更大更圆的月亮
带回年少的梦
带回往日时光
——《仙女山的月亮》

神女峰的雾气蒙蒙
打湿了你的花衣裳

红叶姑娘站在山崖边
亭亭玉立如女神一样

远方的人儿还未归来
红叶姑娘黯然神伤
你的守望坚持到哪一年
山谷呼喊没有回响

红叶姑娘
那一个有故事的姑娘
虽然只有短短的一瞬间
你的美丽已印在我心上
——《红叶姑娘》

“校园民谣”创始人之一高晓松说过“有人，就有民谣”，似乎是说民谣应该属于一种“自发的”，“自言自语的”东西，一种任何人都可以涉猎的东西。但真正要让作品表达自我、感染别人，仅仅“有人”是不够的。

《唱着情歌去重庆》整个专辑的歌词和旋律若按传统的、学院的水准来看，规整的语法、统一的韵辙、流畅的和声走向、规范的曲式结构等等一系列被专业音乐家们叫作“章法”的东西许多在其中都还不具备，甚至很多处还类似于“文学化”的“无逻辑”式表达，但让我吃惊的是，当你打开音响，当音乐进入你的耳朵时，你却能真切地、实时地感受到作者想要表达给你的内容和情感。

2015 年 7 月阿里巴巴集团宣布成立阿里音乐集团，高晓松加盟阿里音乐，出任董事长。刘川郁似乎和高晓松这种“文企归一”很相像，只是高晓松继续做的是音乐专业，而刘川郁却是“打酱油”。也许这种“打酱油”才真正是歌曲创作的良好状态和方式。

《唱着情歌去重庆》是我接触的为数不多的全部曲目均一人作词作曲的专辑。一个人居然写了这么多东西，也许也是源于这种“打酱油”的状态吧。

第一代台湾民谣创作人叶佳修在谈到创作状态时，曾说过这样一段话：“我的歌曲显得乡村味十足，那是因为我的成长背景就是乡村。我在乡下长大，直到上了大学才到了城市。到了城市之后，我觉得城市太紧张，这里面的人生活得都不松弛。我就很怀念我的家乡的那种生活状态。所以就写了很多描写田园风光的很乡土的歌。”

“被乐友誉为‘台湾民谣之父’的胡德夫曾说过：……我们发泄过、盲目过、潮流过。如今，这么多落花流水后，张开的嘴想为生活和土地留下点什么，却丢失了自己的旋律。在浮躁中反省、在拥挤中反省，我们想要歌唱的，是内心的安宁。”

“生活状态”和“心境”其实就是歌曲作品能否“真切感人”的出发点和基石。

“真切感人”，这句小学作文课上老师提出的“萌要求”，似乎就是歌曲作品乃至所有文艺创作的最高境界了。而《唱着情歌去重庆》在这个高度上无意识地绕开了歌曲创作的技巧和套路，直接把“情”作为了作品创作的基本要件。这也许是《唱着情歌去重庆》能被许多层次的受众所接受甚至喜爱的成功之处！

我并不提倡创作的“不讲章法”，但因为“章法”毕竟是为内容和情感服务的，而我们往往在技巧与情感的权重上本末倒置了，于是，一方面我们的作家们创作了“等身”“充栋”级数量的作品，另一方面却受众寥寥。《唱着情歌去重庆》在这个角度上，可以说是给了我们一个启示。

四

任何艺术创作其实都是创造。

《唱着情歌去重庆》总的说来很有意境、很有情绪。但这并不代表专辑内的作品都是精品——事实上也没有任何专辑可能做到字字珠玑、句句感人。

抛开歌曲本身具有的“亲近性”，这批歌曲的“成功”与作者的“网络生涯”无不相关。一方面，网络的受众处于青少年至中年的年龄区间，这类作品正好契合这批人的情感诉求；另一方面，用一句调子略显陈旧的话说，网络的影响力也给歌曲“插上了腾飞的翅膀”。

这带来了一个不是问题的问题：作者在创作作品时的“受众对象化”“受众区间化”是作者应该坚守的风格和坚持的道路？还是作者在创作中应该进一步拓展自身内心表达的维度和深度？

著名乐评人、各排行榜专业评审科尔沁夫说：“校园民谣的好处或者弱点都很明显。好处就是好听、简单、非常有情怀，打动人。弱点就是形式过于单一，一把吉他、加一个口琴诸如此类……”

纵观《唱着情歌去重庆》，似乎确实存在这

“单一”与“同质”的问题。

单《唱着 XX 去 XX》这类题目目前就很多，就空间而言，东至东北，西至西藏，北至草原，南至大海……似乎“世界这么大，我要去 XX”也成了歌曲创作的一个套路。因此，专辑取这类题目，既可以说是“时尚”，在某种层面也可以说是“陈旧”了。

打开 CD，曲目也同样存在类似的问题。尽管专辑的十多首作品所表现的内容在重庆八万多平方公里的土地上纵横捭阖，但各情绪点（专辑里主要是景区）所承载的情感和其演绎方式和手法还是略显单一，且许多并不具备具体的地域文化符号和地域音乐元素的支撑。如果将《仙女山的月亮》直接换成《贡嘎山的月亮》,《金佛山雪花飘落的声音》换成《长白山雪花飘落的声音》，似乎也未见不妥。

此外，前面提到的“情绪铺垫 + 高潮主题”的发展形式所占权重也略显偏多。

好在似乎作者意识到了这点，所以在《解放碑下》《喜马拉雅》以及《重庆的夏》里还进行了其他的创新。

《唱着情歌去重庆》成功的另一个要素是“大班子”制作。借助刘川郁先生本身的影响力和“猪八戒”在网民心中的“知晓度”,《唱着情歌去重庆》在集聚力量方面，均显示了“不可匹敌”的号召力和能量群。从专辑的文案就可以看出：张磊、赵照、侃侃、李东信、铁热沁夫、王卓、严心妤、黄绮雯、吐洪江、张宁等歌手目前在流行音乐领域风生水起，申鹏、周晶、渡乐团、飞仔、海波、赵翔、赵照、铁热沁夫等编曲们也因为许多成功的编配而被很多人知晓。

这种“大班子”制作的优势是不言而喻的，它既集聚了众家所长，又避开了一人所短，且单单这些名字就能在互联网平台上推动着专辑的推广与流行。这种制作方式估计会在很长一段时间成为“主流”。

但这种“非刘氏主体”存在这一个非常致命的弱点，那就是侃侃的就具有了很浓烈的“侃侃味儿”、申鹏的就能听到很重的“申鹏味儿”……但是“刘味儿”呢？——那种发自刘氏内心的、质朴的、“打酱油的”呢？亦如把生于彭水郁山镇的“刘川郁”误写为“刘川渝”一样，“川郁”变成“川渝”，地方是变大了，但那种故土的牵挂却已经游离了。

当今的时代是一个多元化的时代，自然也是

艺术作品的多维度的时代。今天的我们对思想和情感的包容已经达到了“史无前例”的境界了，一枝独秀也好，百花争艳也好，似乎都能在自己心灵的某个地方找到一种哪怕是瞬间与闪念的柔弱共鸣。这不能不说这是这个时代给我们的福祉，这个福祉既孵化着“五彩缤纷”的作家也催生着“海纳百川”的受众。

因此,《唱着情歌去重庆》也许可以作为重庆歌曲创作与推广的一个标识和探索。

五

词界泰斗张藜先生谈到他的歌词创作时曾说：“……有文采又上口，有嚼头又不生涩，易流传，能品味……其情切切，其语铮铮。其乐融融，其歌悠悠……”(张藜《歌诗之路》)

“情切切、语铮铮，乐融融、歌悠悠……”这应该是歌词乃至歌曲创作的最高境界了。

歌曲毕竟是歌曲。我曾说过“我不提倡无章法”。从历史的纵深看，“章法”毕竟是一个艺术作品的基本规范和要求，特别值得注意的是，这些“章法”往往是前人在总结失败教训的基础上积累的成功经验汇集。一旦无羁绊地远离这些“章法”，就会给作品带来很多遗憾和硬伤。

重庆的夏
就这么自由自在的夏
这都没经历过
你怎么叫来过重庆呀

——《重庆的夏》

短发的雕塑家在整理当年水粉画
他灵巧的双手像在打太极拳
稚气的女孩在背诵不懂含义的《道德经》
明灯一盏，在这里照亮不一样的童年

——《喜马拉雅》

歌词毕竟是“词”，自然也有“一定之规”。加之专辑演唱的语言也是“北方语系”的普通话，就更加要求“合辙”与“押韵”。虽然我们容忍“多维度”的创作，但事实是，这些“词”若离开了基本的韵辙，让作者更“天马行空”，但带来的是演唱者的“迷茫”和欣赏者的“茫然”。就如“皱纹满脸的你是那当年碑下的姑娘”（《解放碑下》）—

句，我在没看到歌词前就真的“没听懂”。

因此，《唱着情歌去重庆》，还有很多需要打磨的空间。

此外，属于歌曲“章法”的还有一种叫“倒字”，就是说旋律的音韵应该尽可能地和歌词的声韵一致，包括普通话的阴、阳、上、去。

像《峡谷之城》里的高潮，旋律是很美的。作者虽非音乐专业出身，但对纯四度、大小三度等的旋法运用依然很得心应手。但遗憾的是，因为“倒字”，我们总会将张宁反复吟唱的那句“峡谷之城”听成“侠姑之城”了（《峡谷之城》），而类似的失误在其他曲目里也多多少少存在。

客观地讲，这些瑕疵给《唱着情歌去重庆》的艺术格调造成了“负推进”，有些让人觉得“情而不专”了。

六

川郁是资深的太极爱好者，我的微信里就几乎能天天看到他在全国各地打太极的照片。

太极是一种将哲学思想与武术精神相结合的、充满中华文化魅力的运动方式。也许这个也是他作品中一些貌似“常态”却隐含作者“哲理思维”的词句产生的精神基础抑或是他音韵间营造的精神家园吧：

> 向前一步是魏晋，退后一步是迷茫（《桃花源在哪里》）
>
> 在时尚的漩涡中最感到简单的快乐（《解放碑下》）
>
> 日子就这样简简单单，心里头埋着感动与温暖（《喜马拉雅》）
>
> 峡谷在变人还是那么温暖。（《峡谷之城》）
>
> 仙女山的月亮，更大更圆的月亮。点亮思念的火，点燃梦想的光。（《仙女山的月亮》）
>
> 每一对男女都有自己的边城。（《初恋边城》）
>
> ……

《唱着情歌去重庆》中类似隐含作者“哲理思维”的词句还很多，但遗憾的是，它们还没能最终凝聚到某个焦点上、没能对受众心理形成“梯次式的”冲击，客观上降低了专辑的思想层次和深度。

打太极的川郁和写歌的川郁连在一起，就

是“文武双全”了，但如果川郁能像武打片《陈真》里梁小龙说的那样：“把全身的力量集中在一点上，就是最强的拳”，估计这张专辑就会更好了，我相信以后会听到他更好的作品，因为对川郁来说，我已经看到这些作品里“有你未来的期盼”（《桃花源在哪里》）了。

如今的年代，流行歌曲几乎成为音乐的代名词。刘欢就曾在《中国好声音》里激动地、诚恳地向媒体评审团呼吁：“在座有许多网络媒体，时下许多网站音乐排行榜都只是笼统的TOP排名，希望大家能对音乐类型进行分类，让大家知道我们中国音乐也有爵士、也有摇滚，我们的音乐类型是丰富的，中国的音乐事业需要依靠大家的共同努力……”

“带回年少的梦，点燃梦想的光”（《仙女山的月亮》）。《唱着情歌去重庆》毕竟只是一个业余作者业余时间的“打酱油”作品，我们似乎不应该对它进行太过吹毛求疵般的框限——因为这张专辑“曾经敲开我们心扉”（《峡谷之城》），已经把作者的“梦与光”呈现在了我们面前，而我们也“多少次青春激情被深深呼唤”了（《喜马拉雅》）。因此，作为受众的我们还有什么苛求呢？

“你的笑容已印在我心上”(《红叶姑娘》)！我在想，今后，如果有外地朋友要我推荐一个好的地方，我肯定会毫不犹豫地告诉他们：“唱着情歌去重庆”吧！

“跨界达人”刘川郁的追梦人生

王东[1]

这些天，重庆市各大媒体发布了一条消息，一个自称“打酱油”的音乐爱好者，要众筹出版一盘专辑，里面12首歌都是写重庆风土人情的，取名《唱着情歌去重庆》。我一看，就知道老朋友刘川郁又玩出了新花样。

和刘川郁做朋友，是一件很愉快的事，和他在一起，总有一种如沐春风的新奇自在。不过，近年来，他折腾得实在太“火”了，私下里，我已经戏谑地称之为“刘大师”，低头一想，“大师”一词大有捧杀之嫌，还是低调为好，仅以“跨界达人”冠之。

为什么是“跨界达人”呢，我们来看看他都

---

[1] 王东，1970年代生人，作家，曾出版小说《寻找知青杨春花》。现供职于重庆某机关。

干了些什么？他当前最主要的身份是猪八戒网的联合创始人、副总裁，正引领上千万“威客”走在大众创业、万众创新的征途上。同时，他还是一位新锐音乐创作人，他创作的《1980年代的爱情》《仙女山的月亮》等歌曲多次入围音乐排行榜前列，传唱甚广。他也是一位资深传媒人，做过《重庆商报》的首席记者，组织策划的不少活动成为宣传营销品牌，出版过诗集《记者》，至今还兼着一所大学的研究员。更神奇的，他还是一位太极拳的超级发烧友，出版过《身边的武林》等武术类图书，经常带着一帮师兄弟比画功夫。

“跨界达人”是怎样炼成的？一个农家子弟、一名乡村教师是怎么一步一步变成了现在这个样子？其间又该有多少曲折和传奇啊！

犹记得，20多年前我和他在彭水师范读书时，我比他高一年级，印象中，他常斜挎着一个帆布书包，在校园陡峭的阶梯上埋头攀登着，一张稚气的脸，恍如邻家小孩。那时我们接触并不多，只听闻这兄弟脑瓜够用，考师范时是全县第一名，当我和一帮文学青年舞文弄墨时，都不知道他在晃悠什么？

我真正和刘川郁熟稔是在1999年，我从彭水调到黔江工作，刘川郁已先我一步到了黔江。师范毕业后，刘川郁在乡下教了两年书，便考进了涪陵教育学院，后又进了四川省教育学院进修，毕业后便到了《黔江日报》当了一名记者。因为有共同的爱好，我们常聚在一起。他实在是一个可爱又有趣的人，他会亲自下厨，很快就能捣鼓出几样小菜，喝着酒，他会朗诵他写的诗，还会拿出一把破吉他弹琴唱歌，其乐也融融。他乐于向大家分享见闻和感受，比如采访到什么有趣的人和事，比如吉他弹唱水平又精进了不少之类。一群朋友喝着他的酒，看着他折腾，玩笑着点头：川郁，有进步！

这小子总是跑得很快，2001 年 3 月，他离开黔江到了《重庆商报》，开始的时候，肯定也很难。一次我到重庆开会，自然要打电话让他请我吃饭，他自是爽快地答应了。晚上我在解放碑约定的地点等了很久，才见他拖着疲沓的步伐来了，满脸菜色，我很是同情，这大城市日子不好混吧！他倒是不在乎，依然豪气冲天：“重庆城的大街小巷、旮旯角角都留下了我深深的脚印！”

爱学习总会有进步，肯吃苦能坚持就会出成绩。当我 2004 年到重庆工作时，他已在《重庆商报》当上了首席记者，还当了部门主任，一起时，他会神气地指着手机里的照片说，我都获得十多次省级以上新闻奖了！他求学的步伐一直在延续，他先是读了北京大学公共管理硕士，毕业后，又立志要考四川大学的传播学博士，一直就觉得他读书跟玩似的，可这次还是吃了不少苦头，为了补习英语，他不知跑了多少趟成都。考上了，必须离职脱产学习，不工作就没有收入，这对于一个刚刚在重庆立足的年轻人来说，是很大的考验，不过也没有犹豫多久，他就洒脱地到成都读书去了。三年时间在我印象中很短，三年后他就拿着博士证书回来了，还带着课余写作的两本书让我雅正，更平添了我几许羡慕嫉妒恨。

还是回头说说他如何成为“太极大师”的吧。2006 年 6 月，一向生猛的刘川郁生了一场病，俗称“肌无力”吧，很少见的一种疾病。当我去医院看他时，他正躺在重症监护室里，奄奄一息的样子，我心想这小子后半辈子恐怕麻烦了！一转眼半年过去了，他又阳光灿烂地出现了，他说，这场病让他深刻地认识到身体是革命的本钱，为了革命工作，必须强身健体。为此，他拜了一位太极师父，正在苦修功夫。他做事情总是充满热情，开始练的时候，每见到一位朋友，他都要和你“推推手”，不停地介绍太极功夫的神奇。在他鼓动下，我曾和他一起跑了几回场子，可我悟性太差，又不能坚持，最终也没能登堂入室。为了练好太极功夫，刘川郁以“太极笑笑生”为名开了一个博客，每天记录练功的感悟，还有诸如和太极有关的学问等等。这样坚持了两年，他的功夫长进了，他博客更是受到了武术习练者的追捧。在广大网友的呼吁下，他和师傅一起将博客文章进行整理，推出了《身边的武林》系列图书，一度成为畅销书。至今，他还是每天坚持练拳，风雨无阻。

刘川郁又是如何成为“创业达人”的呢？21世纪是互联网时代，作为媒体人更是得风气之先。2005年底，《重庆晚报》首席记者朱明跃花500元钱做了一个个人网页，取名叫猪八戒网，也就是一个类似于淘宝一样的创意服务类网上交易平台。选择这样的项目创业，按朱明跃现在的说法，这是一副烂牌，一开始就被判了“死缓”，创业艰难“罄竹难书”，就这样不温不火地挣扎了好几年。刘川郁和朱明跃本是一同在《黔江日报》战斗过的兄弟，自然常在一起交流，于是他从一开始就被朱明跃纳入了“取经团队”。按朱明跃的说法，猪八戒网创业十年，搞了七次“腾云行动”（模式升级），结果是核心团队走了大半，每一次“腾云行动”都解决了一个很小的问题，但最终实现了整个平台从量变到质变。刘川郁无疑是“腾云行动”最坚定的支持者和实践者之一，为公司的发展壮大操碎了心。我没有成为创业“威客”，但却真心为他们的创业精神和“腾云行动”所感动所鼓舞。2011年底，猪八戒网发展尚处于困难时期，在刘川郁的鼓动下，我曾深入企业做过调研，并写成调研报告呈送领导参阅，并在《重庆日报》刊发，也算是为猪八戒网进行了鼓与呼。十年坚持，十年创新，猪八戒网终于迎来了破茧成蝶的嬗变，2015 年，猪八戒网完成了 26 亿人民币的融资，交易规模和收入都实现了 4 倍以上的增长，企业走出重庆走向了全国。刘川郁更是忙了，难得打一次电话，不是在接洽谈判就是在去往各地的路上。

要说现在什么最让刘川郁舒心，恐怕应该是写歌唱歌了。我自是知道刘川郁爱好音乐，经常吹嘘自己是吉他高手，可没想到他会成为音乐创作人。2013 年冬天的一个晚上，几个老友难得相聚，刘川郁给大家弹唱了他创作的新歌，特别是一首《1980 年代的爱情》，听得大家愁肠百结、感慨万端，原来一个音乐奇才就在身边啊！刘川郁写歌有感而发，题材广泛，信手拈来，自然天成，创作灵感如长江之水滔滔不绝。2014年底，刘川郁给我送了一张自己作词编曲演唱的专辑《让时间停下一点点》，非公开出版，但制作已是很精美了，反复听了也是醉了，我也给他郑重提了意见，自己演唱美则美也，只是“川味”浓了点。很快，刘川郁的音乐创作进入了新境界，《仙女山的月亮》经《中国好声音》冠军获得者张磊演唱后，冲上了QQ音乐民谣榜第一名；《1980年代的爱情》经歌手赵照演唱后，也进入了音乐排行榜前列；《时光回》春节前发布后，被誉为送给妈妈的最好春节礼物。即将众筹出版发行的音乐专辑《唱着情歌去重庆》，我已经没有了质疑的勇气，想着自己尚欠着上张专辑的钱，甘愿认筹一股，也算为他的音乐梦想做了贡献。

老家有句俗话，“牛皮不是吹的，火车不是推的，母猪会上树，大象开飞机”。对于充满无限梦想和创造力的刘川郁来说，我不知道，没准哪天他就开着飞机上天了！

2016年2月29日于渝中

后记

我不敢预测我明天的诗

可以肯定的是，明天我还会写诗！这诗是什么样子，我不能确定。

这就是诗歌的奇妙之处，我们并不能完全预测到今后自己的诗会变成什么样子。就像才短短三十多年，新诗在中国不管是语言形式、审美趣味、发表渠道、还是受众群体、综合影响力等都发生了多轮令人咋舌的变化。就像10年前，我不会想到自己还会出版一本属于自己的诗集，5年前，我不会想到自己会出版一本可以唱可以听的诗集。感谢诗歌的创新性的“基因”带来的惊喜。

这本诗集的诞生要感谢许多人，我首先把她献给带给我生命的年迈的父母，感谢父亲和母亲。我的父亲刘益甫今年78岁，是位基层退休老干部，他虽然早年只读到小学5年级，文化程度不高，但后来从军多年，却颇有文艺细胞，吹笛子、拉二胡，这其实是我“文艺情怀”的启蒙。母亲蒲治容75岁，是位慈祥、善良的农村女性。我的外公在世时是闻名远近的“阴阳先生”，母亲因此笃信“巫术”。我们稍微读过几年书，就觉得这是“迷信”，现在想来，儿时的“巫术气氛”，是一种“诗意”的启蒙，许多场景与仪式正是正濒临消失的“非物质文化遗产”。诗集里面的两首《时光回》《硬汉老爸》分别是我写给母亲和父亲的，也适合每一个朋友献给自己的父母。

感谢我的妻子陈渐，女儿小可乐。她们是我这本诗集中许多诗歌的第一读者或听众，有时还要为诗歌打分，并直言缺点。我很重视她们的打分，会因为她们的评分，做出诗歌句子或乐段的调整。这是一家人其乐融融的互动。这几年我大部分时间在外出差，感谢她们的理解与支持。

感谢我的北大硕士同学方晓东的支持，因为他的热心联系，让这本书能够在母校的北京大学出版社出版。

感谢上海星外星文化传播有限公司总经理芮文斌及其团队，没有他们，这些诗不会变成歌，这本诗集不能成为“可以听可以唱“的诗集。感谢参与演唱的侃侃、张磊、赵照、吐洪江等歌手朋友和甚至我都不知道名字的在后台默默地编曲制作老师们。

感谢著名的音乐人、乐评人、诗人李广平老师的“赞誉有加”的序言，李老师的赞誉是我努力前行的方向，而序言本身古今中外旁征博引、横跨文学与音乐，文采斐然，荡气回肠，值得作为一篇独立的文学作品拜读。

感谢我的朋友音乐人李由、作家王东先生欣然同意将他们此前对我“文学与诗歌”的评点文章收入本诗集。这些评点涉及对我成长经历的描述，饱含浓浓的“兄弟情”，更有利于大家对我诗歌的理解。

感谢更多的不能一一点名的朋友，你们或者在我的写作过程中直接对我的作品提出批评及修改意见，或者鼓励我坚持自己的梦想，没有你们，我的写作至少失去了一大半的意义。

这是我的第二本诗集《时光回》。很开心的是，今天刚好获知，我的与这本诗集同名的第二张个人原创专辑《时光回》，今天刚刚制作完毕。

每一天都是新的，期待明天的不同。

2017 年 6 月 28 日于重庆沙坪坝